# それでいいんです

船瀬憲二

文芸社

# はじめに

これは私が高校・大学時代そして社会人になり、社会人も卒業した時々にノートやメモ用紙に書きつづった一部をまとめたものです。ですから、今の世の中とはまったく違う環境の中でのその時の気持ちや想像・妄想や空想の世界で書いたものなので、そういう時代を想像して読んでください。

携帯電話もない時代、社会環境がまったく違い、こんなことはあり得ない、と思われる部分もあるでしょうが、これは間違いなくその時代、時代に感じたことであり、また、そんな時代だからこそ、こんなことがあったんだと考えてください。

どんなに世の中が進歩し変化したとしても、人の気持ちはどこか相通ずる部分がある、と思います。

書いたものをまとめていると、自分が少し暗く、後ろ向きで寂しい時間を過ごしていたかのような部分を多く感じましたが、決してそんなことはありません。

当然、悲しいこと苦しいことはたくさんありましたが、それ以上に楽しいことや嬉しいこと、笑い転げることがあり、その場面場面で書いていたんだなあと感じました。

ちょっとした実際のエピソードから想像や空想・妄想の世界が生まれているんです。

稚拙な表現で、こんなもの、と少し恥ずかしいとも考えましたが、自分がその時代に全身で感じて思ったこと、その時代の自分の表現力で表し、そして想像したことなのでまとめておきたいと思い、今回のこのような運びとなったんです。

短編小説とも言えず、また詩とも言いづらく、日記のような、単にメモや落書き程度のものをまとめただけなので、いろいろとご批判もあるでしょうが、昔の時代を感じ取り、自分に照らし合わせて、ひょっとしたら同じような空想・妄想、そして体験や気持ちを持っていたことを思い出すかもしれません。

広い心で読んでみてください。

〝それでいいんです〟

それでいいんです ◎ 目次

それでいいんです

# 待ち合わせ

生まれて初めて、約束の時間を過ぎて一時間以上待ちました。

僕は今まで時間を守らないことが嫌いで、自分は約束した時間の十五分くらい前には必ず行くようにしていました。

だから、逆に約束の時間から二十分くらい待っても来なかったり、時間を守らない人がいたら帰っていました。

でも、なぜ今日は一時間以上も君を待っていたんでしょうか。

君は僕が時間にうるさいことをよく知っていましたよね。

僕は君が何か事故にでも遭ったんじゃないかと心配までしていました。

約束の時間を一時間以上過ぎて、君は泣きながらやって来ましたね。

そして、「ゴメンなさい」と一言だけ言って、涙を流して僕の前に立っていました。

僕は黙って君の肩を抱きゆっくり歩きだしました。

君も黙って僕に寄り添ってしばらく歩きました。

歩きながら、僕が「何かあったの?」と聞くと君は、「私が悪いんです」とだけ言いましたよね。

何か言い訳を言うと思っていましたが、君は約束の時間に遅れたことだけを僕に謝り、遅れた理由を言いませんでした。

君はしばらく泣いたあと、やっとまともに話ができるようになり、僕達は一緒にお好み焼きと焼きそばを食べましたよね。

もっとゆっくりしたかったんですが、なんとなく君が疲れているように見えたので、「今日はもう帰ろうか」と僕が言うと、君は悲しそうにうなずきました。君は僕が怒っていると思ったんでしょう。

駅まで君を送っていって、君が今日遅れた理由が分かりました。

電車の事故があったんですね。

駅の改札口では、かなり時間が経っているのにいまだに、「事故のため、混雑が続いています」とアナウンスが流れていました。

僕が、「事故があったんだね」と言うと、

君は、「もっと早く家を出ればよかったんです」と……。

事故がなければ、君は約束の時間より一時間以上も早く着いていたんですね。

それを僕には自分が悪いと言って事故のことを言わなかったんですね。

こんな時は僕に言ってください。

僕は初めて人との待ち合わせで一時間以上待ちましたが、実は今日は、二時間でも、三時間でも君を待っているつもりでした。

だって、約束の時間通りに来ない君が心配だったし、なんといっても、僕は君が好きだからです。

電車の事故のおかげで君の本当の優しさが分かったような気がして、とても気持ちよく、嬉しくなってしまいました。

君が大好きです。

君を大切にします。

それでいいんです。

# 深呼吸

朝焼けの中、空から天使が階段のような黄金色に輝く光を何本もこの地上に立てかけているみたいで、本当に光の階段のように見えます。

この地上と、見たこともない天上がつながっているようなすばらしい光景です。

この階段をのぼって遊びにおいで、と言っているみたいです。

いったいこの階段をのぼって行くと何があるんでしょうか。

きっときれいなお花がいっぱい咲いていてサラサラと流れる小川には小さな魚やカニが遊んでいるに違いありません。

こんなに苦しくつらい所から、楽しそうな所に行ってみたい気持ちになってきます。

でも、その時突然この光の階段が消えてしまったんです。

まだ遊びに来てはいけません、と言っているみたいに……。

もっともっと苦しくつらく、そして悲しい人もたくさんいますよ、と。

ちょっと大きく深呼吸をしてみてください。そして目を瞑ってみてください。

そしたら楽しいことや嬉しいことが次から次へと浮かんできて階段をのぼって遊びに行くのを忘れてしまいます。

それでいいんです。

# いつものように

君が本当にどうしようもなく苦しくてつらくなってしまったら、その時は僕を思い出してください。僕はいつでも同じ場所に立ち、いつでも君を受け入れるでしょう。

何もない田舎町ですが、冷えたアイスコーヒーでも一緒に飲みながら黙って時間を過ごしましょう。

たまに「暑いなあ～」「うん」と会話にもならない言葉を交わしながら、心の中の自分と時を過ごせば、また明日から同じような時間がやって来るとしても、もう君は今までの君とは違っているでしょう。

だって、君と僕が一緒に過ごした時間は、誰にも分からなくても、心の深い深い所に何か力を与えてくれ、何かハッキリ分からないけど、また頑張れる心にしてくれているんですから、無理をせずにいつもの時間を過ごせばいいんです。

それでいいんです。

# アイスキャンディー

昔ながらの一本のアイスキャンディーを二人で代わりばんこにかじって、「君の一口のほうが多いね」と僕が言うと君は「エヘヘ……」と笑って僕の手を握って自分の口へ持っていき、もう一口かじりましたね。

いつしかつくつくぼうしが鳴いていて、この夏も終わってしまいそうです。

そうであれば僕達もお別れするんでしょうか？

まだまだずっと一緒にいたかったのに……。

夏が頑張って、秋にまだ来るな、と言ってもらいたいです。

浜辺を歩きながら、君はそっと僕の腕に手をまわして黙って寄り添い、ゆっくりゆっくりとあてもなく二人で歩いて行きました。

僕にもう少しの勇気があれば君に一言言えたのに……。

君はそれを待っていたのかもしれませんね。

君は神戸へ僕は仙台へ、本当に僕達は離ればなれになるんでしょうか。

こんなに思っているのに、こんなに寂しいのに……。

でも、また僕達は新しい景色の中で生きていくんですね。

最後のアイスキャンディーも君が一口で食べてしまいましたね。

これからも元気でいましょう。

来年もまたその次の年も夏がやって来るでしょうが、もう今年と同じ夏は来ませんよね。

　それでいいんです。

# 涙の海

君は不幸になるでしょう。
なぜなら、君を幸せにできるのは僕だけだから。
たとえ君が幸せだと思っていても、もっともっと幸せになっていたはずだから。
僕の心の鏡には今も君しか映っていません。
何回涙を流したら君にこの気持ちが伝わるんでしょうか。
こんなに君のことを思っているのに、一言も言えない僕は毎日涙の海で泳いでいます。
涙が涸れるのはいつでしょうか。
誰が僕の涙を拭いてくれるんでしょうか。
君を忘れることができるでしょうか、いや、忘れなくてもいいんですよね。
時間がなんとかしてくれるでしょう。
君は僕を忘れてください。

今さらどうしようもないけれど、
本当は君の幸せを心から祈っている僕がいるんです。
それでいいんです。

# 神様

あなたはどうして分かってくれないんですか、私はこんなにあなたのことを心から慕っているのに。

毎日、手を合わせてお願いしているのに、神様にまだ伝わっていないんでしょうか。

神様は本当にいるんですか。

どうして、どうして私の気持ちを彼に伝えてくれないんですか。

胸が苦しくなる、というのはこんなにもつらいことだったんですね。

一度、学校の前のバス停で、私がバスを待っている時、あなたは一番後ろに並びました。

私はあなたより三人前に並んでいました。

バスはすでにギュウギュウでやって来て、私は意外とすぐ乗れましたが、あなたは最後に体を押しつけてやっと乗れましたよね。

その時私は、あなたが持っていたスポーツバッグを引っぱって助けたんですよ。

覚えていますか？

途中三つのバス停は通過しました。

降りる人もなく、バス停で待っている人達は誰一人乗れませんでした。

よくこんなことがあるんです。

バスは終点の〝駅前南口〟停留所に到着して、乗っていた人達が吐き出されるように一斉に降りました。

みんな開放感からかホッとした感じでした。

バスを降りて、駅の改札口のほうへ向かっている時、あなたは後ろから私に声をかけてくれました。

「さっきはありがとう」

あなたは気づいていたんですね。

爽やかな笑顔で私にお礼を言ってくれました。

私はドキドキして、「いいえ」と答えるのが精いっぱいでした。

それから十日くらい経った金曜日のお昼過ぎに、午後の授業が休講だった私はいつものバス停にいました。

私一人しかバス停にはいませんでした。

こんな時間ですから。

そこにあなたはやって来て、「今日の授業はもう終わったんですか?」と声をかけてきました。

私は本を読んでいたので、あなたが近づいてきたことに気がつかず、声をかけられてビックリしました。

ビックリして、何も言えずにあなたの顔を見てすぐうつむいてしまい、ドキドキしながら、「休講になったんです」とやっと声を絞り出して答えました。

するとあなたは、「僕も休講になったんです」と、そして「暇なら駅前にある喫茶店でコーヒーでも飲もうか」と私を誘ってくれました。

私はすぐ、「ハイ」と返事をしたかったんですが、なぜか声が出ないんです。

あなたは私が返事をしないので、別の用事か何かがあると勘違いして、「ゴメン! また今度にしよう」と言って、ちょうど来たバスに乗りました。

バスは空いていて、私はバスの前のほうに座り、あなたは後ろのほうに座りましたよね。

自分が嫌になりました。

あなたのことをこんなに慕っているのに……。

こんなに嬉しいのに……。

実はあなたのことを初めて見たのはもう一年以上も前のことなんです。

私が校内を友達と歩いていた時、あなたも友達四～五人で、大声で笑いながら前から来たんです。

その時、あなたの友達の一人が私の友達に話しかけてきました。

二人は高校が一緒で、同じバスケットボール部の先輩後輩でした。

学年が一年上だと知りました。

この偶然の出会いから私はあなたのことをずっと見ていました。

「先輩！」と声をかけようと何度思ったことでしょうか。

また、私の友達に相談して、あなたのことをいろいろと教えてもらおうとも考えましたが、
私には何もできませんでした。

だから名前も知らないんです。

神様に、「私の気持ちを伝えてください」とお願いしながら、私の片想いを日記に書くだけでした。

せっかくあなたが誘ってくれたのに……。

私は悲しくなりました。

バスの中で自然と涙がこぼれてしまいました。

私は子供のころから引っ込み思案なんです。

本当に悲しくて、悲しくて、バスが終点の駅に到着してもすぐにはバスを降りられませんでした。

お客さんがみんなバスから降りたと思い、私が降りようとした時、どうしてあなたがまだバスの中にいたんですか。

私のあとからあなたはバスを降りて、黙って私にハンカチをさし出してくれました。

まだ私は涙を流していて、あなたは私の涙に気づいていたんですね。

私はハンカチを黙って受け取り、我慢の限界に達したように、小さな声を出して泣いてしまったんです。

あなたはどうしてそんなに優しいんですか。

あなたはそっと泣いてしまった私の肩に手をまわして一緒に歩いてくれましたよね。

私は、「さっきはせっかく誘ってくれたのに、すぐ返事ができずにゴメンナサイ」としゃくりあげながら言いました。

するとあなたは、「分かってるよ」と低い声で言ってくれて、二人で喫茶店に歩いていました。

神様はいたんです。

神様は私の気持ちをあなたに伝えてくれたんですね。

こんなことがあってから私達はよく話をするようになり、今は付き合うようになりました。

今日も同じバスに乗っています。

神様ありがとう。

　それでいいんです。

# いつまでも

日曜日の夕方、渋谷のガード下の立ち飲み屋でお酒を飲んで少し酔ってきた僕達六人は、変なゲームをしました。

一時間後に集合する場所を決め、二人一組になって別々に分かれました。

一時間で女の子をナンパして、みんなで一緒にお茶を飲もうと、そして負けた組がお茶代を出す。そんなゲームでした。

みんな強気なことを言っていましたが、僕達はいつも男同士で遊んでいて、誰も彼女もいないし、ナンパをしたこともありません。

可愛い女の子を探し、何度か声をかけようとした人はいましたが、なかなか動けず、他の連中はどうしているんだろう、もう、うまくいったかな、とか思いながら時間だけが過ぎていきます。

「お前が声をかけろよ」

「いや、お前が言えよ」と、二人組の女の子達とすれ違うたびに言い合っていました。

時間も少なくなり、「今度可愛い娘《こ》が来たら一緒に声をかけよう」と心を決めたその時、二人組の可愛い女の子がやって来て、僕達は勇気を出して声をかけました。

なかなか了承してくれない二人に僕達は、実は……と言って、友達と賭けをしていることを説明し、頼むから一緒に来てください、と頼み込みました。

二人で、どうしようかと相談していた女の子達も、僕達が必死に頼み込むものだから渋々了承してくれました。

集合場所に行くと、一組はすでに笑いながら女の子達と話をしており、もう一組は無念の顔で立っています。僕達は時間ギリギリに四人で集合場所に着きました。

それから大きな喫茶店に、僕達六人と女の子四人で入り、僕達はホットコーヒーを、女の子達は、一人がアイスティーと言うと、みんな同じもの、と言って注文しました。

お茶を飲みながらいろいろと話をして、結構楽しい時間でした。

ところが、驚くことが起こったんです。

話の中で、「どこから来たの?」「どこに住んでるの?」「何年生?」と聞いていたら、僕達が誘ったのは高校生だったんです。

大学生だと思っていたのに……そして、一人の女の子は、なんと僕の妹の同級生だったんです。

ヤバイ！　と思い、僕はその女の子に、「妹には絶対秘密にしてくれ」と頼み込むと、その子は笑いながら、「分かりました」と言ってくれました。

なんとなくバツが悪くなり、他の連中は楽しく話をしているのに、僕はおとなしくなってしまいました。

喫茶店は負け組が精算して女の子達と別れると、誰かが「まだ八時半だし、もう少し飲もう」と言いだし、僕達六人はまたガード下へ行きました。

その立ち飲み屋はメニューが変わっていて、焼酎水割りとかソーダ割りとかではなく、「初恋の苦しみ」「失恋の叫び」「冒険の心」「失恋」「青春の涙」「忍耐」「成功」「失敗」と、変わった名前で表示しているんです。

僕は「失敗」を注文しました。

家に帰り、なんとなく妹と目を合わせるのが怖くなっていました。

翌日は、学校から帰ってきた妹の態度をチェック。

何も聞いていないようで、少しホッとしました。彼女は僕との約束を守り、妹には話していないんだと思いましたが、ひょっとして、妹は聞いているけど、聞いていないふりをしているんじゃないか……とも……。

僕はおとなしく自分の部屋に入り、〝吉田拓郎〟を聴きながら心を落ち着かせました。

それから三ヶ月くらいして、妹の高校の文化祭があり、暇だったので、僕は友達と一緒にカメラを持って見学に行きました。

僕は渋谷で声をかけた妹の友達のあの子を忘れていませんでした。

「中庭でバトントワラーの実演をしています」と校内放送が流れ、二階の廊下側の窓からそれが見えたので、友達と一緒に見に行き、ハッ！　としました。

十二〜十三人のバトンガールが踊っている中、前列右から三番目に君がいたんです。

君に釘づけになってしまい、思わず写真を撮ってしまいました。

七〜八枚は撮ったんではないでしょうか。

もっと撮りたかったんですが、周りの人に変だと思われたくなかったので我慢しました。

バトンガールの実演が終わったころ、妹が僕を見つけて、「あっ、来てたんだ」と言いながら寄ってきて、僕と話をしている時、君が来てしまったんです。

君も渋谷で会った僕を覚えていたようでしたが、何も言わず妹に話しかけました。

妹が、「私の友達の夏江ちゃん」と紹介してくれ、君もニコニコしながら挨拶しましたね。

僕と一緒に来た友達は気づいていませんでした。

君は何度も僕の家に遊びに来ていたようですね。

僕は一度も会ったことがなかったですよね。

文化祭が終わって一週間後の日曜日、君は友達と三人で僕の家に遊びに来ました。

もちろん妹を訪ねて。

たまたま、ジョギングから帰ってきた僕と会いましたよね。

君はニコッと笑い、軽く会釈をして、玄関に出てきた妹と一緒に家の中に入っていきました。

君達は、旅行に行く計画を立てていて、その打ち合わせに来たんですね。

ゲラゲラ大声で笑ったり、楽しそうな声が聞こえてきます。

東北のほうの学生村に、大学の受験勉強を兼ねた旅行を計画していたようですね。

僕は、僕と同じ大学に来ないかなとも思いましたが、まさか妹には言えず、妹に志望校の名前を聞くのが精いっぱいでした。

――僕とは違う学校でした。

いつもと同じような毎日が過ぎ、二～三ヶ月くらい経ったころ、僕はいませんでしたが、君達はまた、僕の家に来たようですね。

四人全員志望校に合格して、お祝いをするために。

おめでとう！

君達はみんな違う学校に行くんですね。

僕と一度も二人でデートをしたこともない君も行ってしまうんですね。
少し寂しいです。
でも、いつまでも君達はいい友達でいるんでしょうね。
それでいいんです。

# 叫びたい

君は我慢強い人ですね。

自分から苦しいことやつらいことを言いませんでした。

もっと僕に甘えたり、もっと自分の言いたいことを言ったり、自分を出してもよかったんです。

君がそんなことを言えるように僕がしなかったのが悪いんですね。

君は、苦しみや悲しみを独りで胸のうちに秘めて今も入院しているんですね。

時々、僕もそれが少し分かります。

その時の僕の苦しみが分かりますか？

でも、君のほうがもっともっと苦しいんですよね。

こんなに胸が苦しく息苦しいことは、今までありませんでした。

この苦しさからどうしたら抜け出すことができるんでしょうか。

毎日、何をしていても何かが胸につかえていて苦しいんです。
特に夜になると、なぜか急に不安になり悲しく、苦しくなるんです。
何もできない僕は、ただ苦しむだけなんでしょうか……。
あ〜あ〜、大声で叫びたいです。
それで少しでもこの苦しさから解放されるのであれば、一日中叫んでいたいです。
君と一緒にスキーに行ったあのころに戻りたいです。
君が退院する日を待ちながら、ずっと君を見守っています。
　それでいいんです。

# 僕が悪いんです

覚えていますか？

五反田の池上線のホームでのことです。

君はブックバンドで挟んだ参考書を左手に持ち、右手にはテニスのラケットを持っていましたね。

僕は君が乗り換え口から来るのをずっと待っていたんです。

もう、七本も電車を見送っています。

ホームで偶然会ったみたいに君に声をかけました。

君は「久しぶり」と言って、テニスラケットを振りながら僕のほうへ小走りで来ましたね。

どうしても君に会いたかったんです。

同じアルバイト先で君を見てから声をかけるまで一週間以上かかりました。

君はテニス部、僕はバスケットボール部で、部活の合宿費用のため部員全員で夏休みにアルバイトをしていた時でしたね。

君と同じ学年だと知って、僕は大声で叫びたいくらいに嬉しかったんです。

先輩でも後輩でもよかったんですが、やっぱり同級生というのが嬉しかったんです。

そのほうが会話も弾むと勝手に思ったんです。

君が降りる駅の一つ手前で一緒に降りて、ＪＡＺＺが聴けるお店に入りましたね。

その年の夏も暑さが厳しくクーラーがガンガン効いていて、お店に入った時、僕達は同時に「ああ、気持ちいい」と言って、思わずお互い見つめ合って笑いましたね。

ちょっと洒落たお店で、君はジンジャーエールを、僕はコーラを注文しました。

僕達は違う学校に通っているのに、なぜか親しく会話をするようになりましたね。

アルバイトの最終日に、僕はやっと君から電話番号を教えてもらうことができ、本当にウキウキしていたんです。

アルバイトが終わり、夏休みも後半になったころ、君と約束しましたね。

僕が友達と東北旅行に行くので、帰ってきてから会おうと。

君は「楽しみに待ってます」と言ってくれて、僕は早く帰りたいと思いながら旅行に行きました。

東北から帰った日に君に電話をしようとしたら、東北旅行に行った友達とは違う友人から電話が来たんです。

「今、伊豆七島の神津島の民宿でアルバイトをしてるから、お前も来いよ」との誘いでした。僕は君との約束があったので、何度も断ったんですが、その友人が、「頼むから来てくれ」と言うので、「分かった」と言ってしまいました。

そして、君に電話もせずに、次の日に竹芝桟橋から船に乗り、神津島に着いてから君に電話をしましたよね。

君は僕の電話に明るく「お帰りなさい」と言って、「電話を待っていました」と本当に嬉しそうに言ってくれました。

僕が「今、神津島にいる」と言ったら「どうして」と、君は少し怒ったように言いました。当たり前ですよね。

僕は言い訳をしながら「帰ったら今度こそ必ず電話をするから」と言うと、君は小さな声で「分かりました」と言って電話を切りましたよね。

神津島から戻って、僕はすぐ君に電話をすると、君のお母さんから、君はエジプトに旅行に行ったと聞きました。

君は怒って行ってしまったんですね。

君が帰る日をお母さんに聞いていたので、その日の夜に電話をしました。

電話に出た君の声と言葉は、なんとなく旅行に行く前とは違う感じになっていました。

僕が悪いんですね。

僕は君を誘いましたが、もうその時は「遅すぎます」と君が言っているような返事でした。

そうです、僕が悪いんです。

本当に君のことが好きなのに……。

僕はなんてヒドイことをしてしまったんだろう。

君はつらかったんですね、そう思います。

僕が悪いんですね。

今度、偶然に駅のホームで会えたら、もう一度、初めからやり直そうと、五反田駅に行くたびにキョロキョロ周りを見ています。

でも、もう二度と君には会えませんでしたね。

君はお元気ですか？

　それでいいんです。

## 顔を洗いました

君は新しいショッピングセンターが近くにできたから一緒に行こうと電話をくれました。「何か買う物があるの？」と聞くと、君は「子犬を見に行きたい」と言いましたよね。

車が混んでいて駐車するのに三十分以上待ちました。車の中で待っている間、〝中島みゆき〟の曲を黙って聴きながら、君は涙をこぼしていましたね。

僕は気づいていましたが、気づかないふりをしていたんです。

とっても可愛い子犬や子猫がガラスのむこうではしゃいで動き回ったり、寝ていたり、そんな姿を飽きずにずっと見ていましたね。

僕が「猫が好きだ」と言ったら君は「絶対犬でしょう」と少しすねた顔で僕を見つめました。

喫煙ルームで僕がタバコを吸いたい、と言ったら部屋の外から中を見ながら待っていてくれました。

そして、僕がもう一本と手で合図をしたら、ガラス越しに笑いながらうなずいてくれました。

僕がタバコを吸っている間、すぐそばのお店でも見ていればいいのにずっと待っていてくれましたね。

ありがとう。

お腹が空いてきたので「何か食べよう」と言ったら、君も「ペコペコ」と言ってパスタのお店に入りました。

君は季節のパスタをアイスティーとセットで注文し、僕はトマトソースのパスタにしました。

でも、途中でパスタを交換して食べましたよね。

僕のほうがたくさん食べてしまい、君は少ししか食べられませんでした。

それでも君は何も言わず、笑いながらアイスティーも半分くれました。

帰りの車の中で、君は聞こえてくる歌を大きな声で一緒になって歌っていました。

思わず僕も一緒に歌ったら歌詞を間違えてしまい、二人で大笑いしましたね。

本当に楽しい一日でした……けど、
車を降りる時、君は、入院することを初めて僕に告げました。

君は気丈に話をしていましたが、とても大変な手術のようで、僕に心配をかけないように明るくしていたんですね。

入院して二週間後、君が帰らぬ人になったことを知りました。
君は分かっていたんでしょうか。
それで、最後に僕を誘ってくれたんでしょうか。
僕は顔を洗いながら何度も泣きました。
何度も、何度も顔を洗いました。
それでいいんです。

# 絵の具

真っ青な湖面が太陽の光をはじき返してキラキラしていました。

僕が「どうしてこんなに青いんだろう」と言うと、君は「小さな子供が青色の絵の具を落としてしまったんだよ」と……。

「じゃあ赤い色の湖は赤い絵の具を落としたの？」と聞くと、少しして「そう」と小さな声で言い、寂しそうにずっと湖を見ていましたね。

周りの人達はカメラで写真を撮ったりしていましたが、僕達は黙って手をつないで湖を見ていただけでした。

なんだかその青さに引きずり込まれそうな感じさえしましたよね。

そのまま二人で手をつないで青い水の中へ入っていきそうなくらい長い間、本当に長い間黙って見つめていました。

ただそうしているだけで僕達は幸せを感じていたんだと思います。

つらいことや嫌なことは全部この湖の中に置いていって、これからも二人仲良く生きていきましょうね。

それでいいんです。

# 電　車

君を初めて見てからもう二年が過ぎました。

でも、今まで一度も話をしたことがありませんね。

君はいつもたくさんの友達に囲まれて笑っていました。

僕はそれを見ながらテニスコートの横の細い道を歩き、ヒラヒラ落ちてくるイチョウの葉っぱを、上を向いてつかもうとして、小さな石につまずき転んだことがありました。

もうすぐ冬が来るんですね。

君が図書館で何かの本を探している時、偶然に僕と隣り合わせになりましたね。

君は僕を見て「この前、テニスコートの横で転んでいましたよね」と言ってきたので、僕は少し恥ずかしくなり困ってしまいました。

でも、君が僕を知ってくれていたことは、とっても嬉しかったんです。

確かあれは台風が来ていた水曜日でした。

風が強くて傘もさせずに君が走っていた時、僕に会いましたよね。

そして一緒に体育館の屋根の下で雨宿りをして「早く帰らないともっと風が強くなりそうですね」と言って一緒に走って駅まで行きましたね。

その時、僕は思わず君の手を握り、一緒に走りましたが、君は嫌な顔もしないで走ってくれましたよね。

駅のホームは君と反対のほうで、僕は走って階段を駆け上り、君がいるホームのほうに手を振ったのですが、ちょうど来た電車に乗って君は行ってしまいました。

名前も知らない君にまた会えたらいいなと思っていたら、僕のほうへも君とは反対のほうへ行く電車がやって来ました。

また会えるでしょうか……。

それでいいんです。

# 鎌倉・初詣

君と朝七時半に待ち合わせをして初詣に行きましたよね。

君は絣《かすり》の着物を着ていて、僕は初めての着物姿にビックリしてしばらく君を見つめていました。

周りにもたくさん初詣の人達がいたけど、僕は人とすれ違うたびに君と見比べている自分に気づきました。

君は何も知らず、ニコニコして、着物だからチョコチョコと歩幅も小さく歩いていましたね。

一度、人にぶつかって、よろけた時、君は僕の腕をつかんでそのまま離しませんでしたね。

僕もそれが嬉しくてドキドキしながら君の歩幅に合わせて歩いていました。

実は鎌倉の初詣は初めてだったんです。

何度も来てると知ったかぶりをしましたが……。

それを君はすぐ気づいていたのに僕に合わせてくれましたね。

本当に優しい人だと心の奥底から思いましたよ。

まさかこれが君との最後の初詣とは思ってもみませんでした。

君は遠い遠いアメリカへ行ってしまうんですね。

僕はこれからもこの町にいると思いますが、君がもしアメリカで嫌なことがあったら、いつでもこの町に来ていいんですよ。

たぶん僕はこれからも君を想いながらいると思いますから。

君は僕を忘れてもいいんですよ。

君は君らしくこれからも優しくニコニコして過ごしてください。


それでいいんです。

# 午前一時

嫌なことが続き少しめいっていたころ、僕の友達が軽自動車を買いました。

夜遅く、二人で自由が丘へ行くと、何台もの車が駅の周囲に集まっていて、急に走りだし、駅前や駅の周辺を走り回りました。

もう午前一時を過ぎています。

車に乗っている人達は知らない人達ばかりで、他の人達も知り合いではないようですが、なぜか気持ちが合っていて、誰かが合図するわけでもありませんが、一台が走りだすと次から次へと車がスタートしていくんです。

みんないろいろな思いを秘めて、十~二十分の間走り回り、そしてみんなバラバラに自然に別れていきます。

なんとなくいい気分になり、嫌なことも忘れ、嬉しくなり、また頑張ろうという気持ちになっているんです。

そんなことがあるんですね。
それでいいんです。

# 乾杯

君はあまり飲めないお酒を無理をして飲んでいましたね。

もう三杯目ですよ。

そんなに悲しいことがあったんですか。

お酒を飲んで忘れようとしていたんでしょうが、そんな時は、忘れようとせずに思いきり泣いたほうがいいですよ。

涙は心のデトックスです。泣きたい時は我慢せずに大きな声で泣いてください。

いつでも僕が涙の吸い取り紙になります。

君の涙は僕を激しい波の海のかなたに連れてゆき、そこで僕は溺れてしまうでしょう。

一緒に海のむこうへ行きましょうか。

そして、一緒に溺れましょうか。

でも、その前にもう一杯僕と飲みましょう。

さあ乾杯しましょう。
さあ飲もう！
それから寝てしまうんです。
そして嫌なことを忘れてしまいましょう。
すると、今日とは違う明日が必ずやって来ますから……。
　それでいいんです。

# 名　前

君達はいいなあ～、うらやましいよ。

僕達をちゃんと見て、名前を呼んでくれる人は少ししかいません。

君達は、桜さん、タンポポさん、ヒマワリさん、と呼ばれていますよね。

そして、あなた達も、トンボさん、セミさん、チョウチョさんと呼ばれています。

でも、僕達はほとんどの人達が〝雑草〟と一言で言って、それぞれの名前を呼んでくれません。

雑草がのびて大変だ、雑草が多くて困っている。除草剤をまこうか、とか、みんなに嫌がられています。

僕達にも名前があるんです。

だから、僕達も君達やあなた達と同じように名前で呼んでほしいんです。

でも、あなた達は暑い日も、寒い日もほとんど一年中元気じゃないですか。
私達から見れば、名前を呼ばれるより、一年中元気のほうがいいですよ。
そして、私達はあなた達が必要なんです。
この世に不要なものはありません。

本当ですか。
ありがとう、嬉しいです。
僕達はこれからなんと呼ばれても強く生きていくことにします。
　それでいいんです。

# 12月31日

どうして君は毎年泣いているんですか?
だって僕は君達と違って、毎年すぐ捨てられるからです。
君は誰ですか?
僕は12月31日です。
ほとんどの人達は、僕を早めに破り捨てます。
そして新しい年の1月1日にするんです。
そうです。僕は日めくりカレンダーの12月31日なんです。
みんなは新しい年のために早くから僕を破り捨ててしまうんです。
今まで僕は一日中飾ってもらったことがありません。
僕を早く忘れて、新しい年を迎えようとしているんです。
でも、僕はみんなと同じように一年のうちの一日なんです。

だから、あ〜今年もまた、早く捨てられると思い、悲しくて泣いていたんです。

でも、君がいるから新しい年が来るんだし、12月31日は一年の締めくくりだし、大切なんですよ。

君は必ずいてくれないと困るんです。

だから、もう泣かずに前向きにいきましょう。


ありがとう。本当にありがとう。

少し元気が出てきました。

僕は必要なんですね。

それではまた、来年会いましょう。

もう泣かないようにしますから……。

　それでいいんです。

# 18ページ

あれは後期試験の前でした。

君にノートを借りて試験勉強をしました。

君は他の友人に頼まれても、誰にもノートを貸さなかったのに、僕にだけ貸してくれました。

なぜですか？

君が書いたノートの文字は、君の優しさと可愛らしさがそのまま出ていました。

ノートを返す時、君への気持ちを書きました。

18ページを見てください。

一番下です。

ものすごく小さい字で〝君が好きです〟と書きました。

君は気づくでしょうか。

言葉で君に言えない僕は、そんなことしかできませんでした。

君は僕をどう思っているんですか。
試験も無事に終わり、君のおかげで単位が取れました。
ありがとう。
でも、僕が書いた小さな文字は君に伝わっていないみたいですね。
寂しいです。
いつか伝わるでしょうか。
君が好きです。
　それでいいんです。

# 夏の島

大学三年生の夏、吉岡純平は今回の旅行を楽しみにしていた。

一年間付き合っていた女の子と別れ、前期試験の結果も悪く、少し落ち込んでいたからだ。

吉岡は男友達五人で、伊豆七島の一つ、三宅島に四泊五日で旅行に行くことにしていた。

夜遅く竹芝桟橋から船が出発し、船の中は夏休みのせいか、若者や家族連れで満員だった。

広い畳部屋で雑魚寝をするようになっており、各自、自分のスペースを確保して、これからいろんなことがあるだろうという期待感で、部屋中楽しそうな会話が飛びかっている。

吉岡は、ちょっと夜の海を見てみようと一人でデッキに向かった。

船は規則正しいエンジン音をたてながら、そして少しオイルの臭いも周囲に漂わせていた。

東京の街の明かりが徐々に小さくなっていき、潮風が心地よく、また潮の香りも吉岡の気持ちをウキウキさせていく。

東京湾を出ると海は静かで、トビウオが船の進行方向と同じように一緒に飛びながら泳いでいて、なんともいえない気持ちよさを感じていた。

突然、船内放送で〝由紀さおり〟の〝夜明けのスキャット〟〝ルールルルルー……〟が聴こえてきて、雰囲気抜群だ。また船の揺れが心地よく、三十分以上もデッキで、全身で潮風を感じていた。

夜中の二時ごろ、ほとんどの人達が寝ている時間だったが、穏やかな海が急に荒れてきたようで、船が大きく揺れだし、寝ている人達が次々と目をさました。

気持ちが悪くなり、トイレに行く人が急に増えてきて、トイレには長い列ができ、我慢できない人達がその辺に嘔吐《おうと》してしまう。寝ていた部屋でも我慢できずにその場でもどす人が出てきて、部屋の中が独特の臭いで充満し、またその臭いで気分が悪くなる人が出てきた。

吉岡の友人も三人が吐いていた。

船が激しく揺れて、少し怖くなってきた時、「船が大きく揺れていますが、航行には問題ありません。ご安心ください」と船内放送が流れた。そして、「元気な方がいらっしゃれば、進行方向右側一階のデッキに来ていただけませんか」「体調不良のお客様が多く、お手伝いしていただきたく、よろしくお願いいたします」とアナウンスが続いた。

元気だった吉岡がもう一人無事だった友人村井と二人でデッキに行くと、十人くらいの人達しか集まっていない。

乗組員の人から、タオル、ティッシュや洗面器を各自渡され、「部屋の中でもどしている人達の手助けをお願いします」と頼まれた。

デッキを歩く時も船の揺れはひどく、体がフラフラしてまともに歩けない。

船内は苦しそうなうめき声や悲鳴のような声をあげている人、泣いている人もいる。

吉岡と村井は雑魚寝する畳の部屋に行き、もどしている人達に洗面器やタオルをくばり、二〜三人はトイレまで連れていったりもした。

特に子供の泣き声や女性の悲鳴が多く、早くこの状況から逃げたい、と誰もが思っていただろう。

一時間くらい経ったころ、やっと海も静かになってきて、それから少し眠ることができた。

ふと目がさめた時、「もうすぐ到着いたします」「お忘れ物がないように下船準備をお願いいたします」と船内アナウンスがあった。

吉岡はまた、デッキに向かった。

夜中の荒れた海とは違い、静かな海と潮の香りと、そしてきれいな朝日が、なんともすがすがしい気持ちにしてくれる。

島の姿も見えていて、すぐみんなの所へ戻り下船の準備をしながら、各自いろんなことを言い合っていた。

「可愛い女の子を見つけるぞ」
「いい色に日焼けするぞ」
「女の子と一緒に泳ぎたい」
「女の子と夜の浜辺で星を見たい」とか、女の子の話が多く、吉岡も女の子と仲良くなりたい、新たな出会いが欲しい、と思っていたが、なんといっても、このきれいな海で泳ぎたいし岩場に行って海の中を泳いでいる魚を間近で見たいと思っていた。

船が到着して吉岡達は予約してあった民宿に行き、休むこともせず、すぐ海パンをはいて海へ向かう。

民宿から海はすぐ近く、歩いて七～八分の所にあった。

見たこともないものすごくきれいな海と、思わず裸足になって歩きたいくらいの細かな砂の浜辺で、全員すぐサンダルを脱いで歩いていた。

素足で歩いていると、足の指の間に入る砂が少しくすぐったいような、とても新鮮な感覚で気持ちがいい。

彼らは、民宿で休まずにすぐ海に来たので、今日到着した連中はまだ少ないだろうと思っていたのだが、数日前からこの島に来ているかのような、いい色に日焼けした若者のグループが意外と多く驚いた。

それでも彼らは少し岩場のほうへ寄った砂浜のいい場所に陣取ることができた。まだ昼前だというのに夏の太陽は眩しく、日差しが強いので、みんな早速日焼け用オイルを体中に塗り、背中は交代で塗り合った。

吉岡達は〝サンオイル〟を持ってきて塗っていたが、山崎一人だけ「俺は〝コパトーン〟しか塗らない」といい格好をして言う。

「じゃあお前は自分で背中も塗れ」と誰かが言って、他の連中も、「そうだ、そうだ！」と言い、「そんなに格好つける奴の背中は塗らない」といじめたら、山崎は「悪い、悪い、俺の背中も塗ってくれ。〝コパトーン〟も使っていいから」とすぐ折れて、みんな笑いながら山崎の背中も塗ってやることにした。

〝サンオイル〟だろうが〝コパトーン〟だろうがどうでもいいことだが、よくこんな風に吉岡達はじゃれ合うようにつるんでいた。

少しだけ海で泳いだあと、もう一度日焼け用オイルを塗り、小麦色の体にしようと砂浜に並んで横になる。カセットラジオを頭のほうに置き、音楽を聴いていたら、疲れていたのか全員すぐ眠ってしまった。

誰かが目をさました時には、すでに一時間半以上経ち、昼も過ぎていた。

あわててみんな起きだしたが、彼らの周りにもいつの間にかたくさんのグループがシートを敷き、楽しそうに話をしている。岩場のほうにも若い男女がいっぱいいた。

あれだけ船の中で女の子の話をしていたのに、この状況はなんなんだとみんな思った。

まだ日焼けしていないグループが多く、きっと俺達と同じ船で今日来たばかりの連中に違いないと思いながら、彼らはお互い見つめ合った。

誰かが「失敗した」と叫んだ。

周りのグループには可愛い女の子が多く、せっかくいい場所をキープしたのに全員寝てしまうとは……。

「メシでも食いに行こうか」と村井が言ったので、「そうだな、まず腹ごしらえしよう」と立ち上がると、全員体の半分だけが日焼けしている。

前だけの奴や背中だけの奴、表と裏の対比がおかしく、お互いを見てみんなゲラゲラ笑いながら食事に行った。

海の定番、焼きそばを全員が注文し、ビールも頼んだ。

「反省会と対策会議だ」と小山が言い、「乾杯」と声をあげると、みんなコップ一杯のビールを一気に飲み干し「あ〜、ウマイ！」と声をそろえ、二杯目を飲みだした。

食事を済ませ、砂浜に戻った彼らは、日焼けしていないもう片側を焼くことにし、オイルを塗り合い横になったが、また全員すぐ寝てしまった。

次に起きた時は夕方になっていた。

「俺達は何しに来たんだよ」

「日焼けだけをしに来たんじゃないぜ」

「明日は頑張ろう！」

何を頑張るのか、みんなの頭の中に女の子のことがあったのは間違いなかった。

この日は日焼けした体で早々と民宿に帰り、体のヒリヒリを我慢しながら風呂に入った。

風呂上がりに民宿のおじさんも一緒にビールを飲み、おばさんの手料理に舌鼓を打ち、顔だけじゃなく全身赤くなっていて、体の火照りを感じながら布団に入った。

寝る前に武田が、「明日の計画を立てようぜ」と言いだすと、

「朝飯を早めに食って、早く砂浜に行こう」と小山が答え、「今日と同じ場所にシートを敷こう」と言ったが、

武田は「今日の場所は同じ奴らが来るかもしれないから違う場所がいいんじゃないか」と。

山崎も「そうだな、今日俺達が寝ている間に周りにいっぱいシートが敷かれていて、カップルも多かったから、少し離れたほうがいいんじゃないか」

村井は「どこでもいいよ」と意外とアッサリしていた。

吉岡は「俺は岩場の近くがいい」と一言。みんなそれぞれ意見を出し、最終的に、今日の場

所より少し岩場に近づいた辺りにしようと決まった。だいたいみんなの意見が少しずつ通った感じだった。

みんな明日のことを考えながら早めに寝た。

夜中の二時ごろ、突然山崎が叫んだ。

「なんだこれは！」

この大きな声でみんな飛び起きて、「なんだよ」「どうした」と次々に布団から立ち上がった。

吉岡がすぐ電気をつけると、山崎のタオルケットの上に十匹以上のトカゲのようなものが動いている。

民宿のおじさんも声にビックリして、「どうしたんですか」と彼らの部屋に来た。布団の上を見て、「ああ、ヤモリですね、天井をごらん」と言うのでみんな天井に目をやると、大量のヤモリがドス黒くうごめいている。

天井一面ヤモリだらけで気持ちが悪かった。

みんな焦って、タオルケットや布団をはたいて部屋の片方に寄せていたら、おじさんがほうきを持ってきて、天井のヤモリを払い落とし、それを縁側から外へ掃き出した。

その行動をみんな黙って見ているだけだった。

こんなヤモリの集団は初めて見るが、民宿のおじさんはいたって冷静に、「いつもこんなもんですよ」と笑っていた。

「何も害がないから安心してください」と言うが、
山崎は「安心できないよ〜」と悲鳴をあげた。

ヤモリを掃き出したら、少し落ち着いたのか、山崎も他のみんなもいつの間にか寝入った。

翌朝、六時ごろ、民宿のおばさんが起こしに来て、「朝食ができましたよ」と声をかけてくれた。みんなヤモリ騒動で睡眠不足のようですぐ起きてこない。

だいたい、普段の彼らは、こんなに朝早く起きてご飯を食べる生活をしていないのだ。

昨日、寝る前に「明日の朝食は何時ごろにしますか?」と、おばさんに聞かれた時、武田が「早いほうがいいです。明日は早めに海へ行きますから」と答えていた。

まさか、こんなに早いとは武田も他の連中も思っていなくて、せいぜい七時ごろに起きてからと思っていた。

早々みんな顔を洗って、食堂に向かうと、おじさんも待っていてくれ一緒に食事することになった。優しいおじさん、おばさんだ。

朝食にしては結構ボリュームがあり、お腹いっぱいになった。

トイレが二つしかなく順番に用を足すことにしたが、村井がなかなか出てこないので、小山が「早くしろ!」と何度も怒鳴っている。

コパトーンを塗った山崎は肌が弱いのか一晩経っても真っ赤なままで、胸の辺りに水膨れができていた。「今日、俺は焼かない」と言ってTシャツを着ていくことになり、他の連中はみんな上半身裸で海パンの上にバミューダパンツをはき、サンダルで海へ向かった。

朝食が早かったので、砂浜はまだ人影が少なく、まばらだった。

昨夜打ち合わせた通り、岩場に近い所にシートと大きなバスタオルを敷き、みんな周りをキョロキョロ見回す。女の子を探しているのだ。

武田が、「昨日来た子達はもう仲良くなった奴らと今日も会うだろうから、俺達は、今日到着する女の子に声をかけよう」と提案し、みんな同意した。

今日も真夏の陽気で、太陽の光が強く、空の青と海の青が眩しい。まず、山崎以外は体中オイルを塗りまくり、小麦色の肌を目指す。

吉岡は一人で岩場へ向かい、何度も潜り、水中メガネに見える魚達に少し興奮して、泳いだり潜ったりと飽きることなく、二時間以上みんなの所に戻らなかった。

吉岡も少し疲れたのか、潜るのに飽きたのか、フラフラしながらみんながいる所に帰ってきて足が止まった。

自分達が敷いたシートのすぐ横にシートが敷いてあり女の子達が座っていたが、みんなカップルみたいに男女二人ずつ並んで楽しそうに話をしている。

吉岡は濡れた体をタオルで拭きながら、山崎に「どうなってんだよ」と聞くと、「今日到着したナースの卵の人達だよ」と答えた。

看護学校に行っているらしいが、それより、なぜ二人ずつのカップルになっているのかを聞きたかったのだが。

吉岡が帰ってくると、女の子達が視線を向けてきた。よそ者みたいに見られ、仕方なく一番端っこに座りこんだ。

女の子達も五人組だったが、四組のカップルができて、一人だけ少し間をあけて座っている子がいた。

村井が「お前が遅いから彼女が一人で寂しかったじゃないか」と言う。

よく分からないが、みんな自分と気が合いそうな女の子とカップルになり、一人だけ残ったような感じの彼女が可哀想になった。

その女の子の横に移動し、「吉岡です」と挨拶すると、その子も「川西です」と答える。

おとなしそうな女の子で、結構可愛いのにどうしてカップルになっていないんだろう、と不思議に思ったが、その理由はすぐに分かった。

他の女の子達は人見知りをせず、大声で話したり、笑ったりしていて、明るく健康そうなのに、川西さんだけがおとなしいタイプで、少し暗い女の子だと思われたんだろう。

吉岡は何を話していいか分からず、「今日来たんですか？」と、さっき山崎から聞いて分かっていることを言うと、「はい」と返ってくるだけで会話が続かない。

すると、助け船のように村井が、「ビーチバレーしようか」と言いだし、他の連中も「しよう、しよう」「おう！　やろう」と立ち上がったので、吉岡は少し助かったと思った。

彼女達は全員ビキニで、川西さんを含めみんないい感じの女の子ばかりだった。

日焼け前でまだ肌が白く、女性の魅力を感じる。

今日会ったばかりなのにみんなカップルで手をつないで、砂の上を裸足で走りだした奴らもいた。

小山が、必死でビニールボールに空気を吹き込み、そのボールをみんながいるほうへ思いきり蹴ったら、風に乗り波打ち際まで飛んでいってしまった。

ボールは波に乗り少し沖のほうへ行き、また次の波で砂浜へ戻ってくる。

戻ってきたボールに武田が飛びつき、そこに村井も飛びついた。

二人の女の子も、そのボールを捕ろうと海の中へ入っていく。

吉岡と川西さんは、少し離れた所からその様子を二人で見ながら笑っていた。

吉岡が、突然川西さんの手をつかみ、「俺達も行こう」と言って、みんながいる所に走って合流したので川西さんはビックリしたようだったが、吉岡本人も自分の行動に驚いていた。

川西さんの手は、小さくて柔らかく、とても可愛く、吉岡は一瞬にして好意を持った。

ビーチバレーと言っても、風もあり、手や足で、ただ打ち合うだけだったが、意外と楽しく、みんなの距離が急激に縮まる遊びだった。

「昼メシを食べに行こう」と村井が言う。食事のことを言いだすのは、なぜかいつも村井である。

昨日食べた食堂に行くことにしたが、少し混んでいて、全員で並んだテーブルに座れず、六人と四人に分かれて食事をすることになった。

彼女達が、何を食べようかと、壁に貼ってあるメニューを見ていたら、小山が、「ここの焼きそばは旨いよ」と、昨日一回食べただけなのに、何度も食べているかのように言っている。

その言葉に彼女達全員焼きそばに決めたが、武田は「俺はカレーにする」と言ったので吉岡もカレーにして、ほかの三人は焼きそばを注文した。

村井が、「ビールも飲もうぜ」と言いだし、瓶ビールを四本注文したが、二人の女の子は飲めない、と言い炭酸飲料にした。

席が離れていたが、村井が自分と違うテーブルにもビールを持っていき、彼女達のグラスに注いでいる。

ビールを飲んでいる時、二つの離れているテーブルの間にいたお客さんが帰りそうなことに気づいた武田が、そのお客さん達が帰ったら、すぐ移動できるようにみんなに目配せをしている。

そのお客さんが立ち上がると、武田がすぐお店の人に移動することを伝え、武田と吉岡が二つのテーブルを持ち上げ、くっつけて全員で食事ができるようになった。

ちょうど、焼きそばが運ばれてきて、カレーライスもすぐ運ばれてきた。

食事をしながら、「どこに泊まってるの?」

「いつまでいる予定?」

「今夜、海に行って、星を観ないか」とか次から次へと彼女達に質問を浴びせる。

彼女達は、その質問の一つ一つに真面目に答えていた。

泊まっている民宿は彼らの民宿と近く、また、彼らより一日長く島にいるようだった。

同じようなツアーで四泊五日だ。

武田がもう一度、

「夜、何も予定がなければ俺達と一緒に海に行こう」と誘うと、彼女達からは、お互い顔を見合わせながら、「行きます」と返事が来た。

彼らは全員心が躍っていた。

昼食後、浜辺に戻り、また、ワイワイ、ガヤガヤ、いろんな話をしたり、山崎が持ってきたトランプで遊んでいたら、あっという間に時間が経っていた。

一度民宿に帰って夕食を済ませ、八時ごろに今日いた砂浜辺りで会おう、と約束をして、それぞれ自分達の民宿に向かう。

彼らは、民宿に帰るとすぐお風呂に入り、昨日と同じように食事の前のビールをおじさんと飲みながら、頭の中は、すでに夜の砂浜へ行っている。

懐中電灯を借り、小山はギターを持って少し早めに民宿を出発した。外は空一面の星が輝いていて、懐中電灯がなくても歩ける明るさだった。

星もきれいだが、月もまたきれいで、東京では考えられない異次元の世界にいるような気持ちになった。潮の香りと海風もまた、いいものだった。

彼らの気持ちが急がせたのか、約束の時間の二十分くらい前に着いたが、まだ彼女達は来ていない。

十分くらいあとに彼女達もやって来たが、昼間のビキニ姿とは違い、また別の若い女性の魅力を漂わせている。

吉岡も川西さんの黄色い花柄模様のシャツと、白い短パンに目を奪われていた。

こんな可愛い娘《こ》が、岩場から自分が戻るまで一人でいてくれてよかった、と心からそう思い、徐々に彼女のことが好きになっていく自分が分かっていた。

この気持ちは、この夏や、この島、この海のせいなのかもしれないが、理由はどうであれ、間違いなく、好きになっていっている。

月と星に照らされた海辺に、カップル同士で、海のほうへ向かって、横に並ぶように座り、しばらく誰も声を発せず、東京では絶対見ることがないだろう満天の星を仰ぎ見る。潮風が焼けた肌を優しく冷やしてくれている。

この不思議な世界を全員が感じていた。

規則正しく打ち寄せる波の音と、その波に乗って、蛍光灯のように青白く光る夜光虫が、遠くの海辺まで照らしていた。

全員十分以上黙ってその世界の中で息をしていた。

突然、小山が「歌でも歌おう」「おい！〝コパトーン〟！こっちに来いよ」と山崎を呼ぶ。

山崎は、コパトーンの一件から、彼らの中でコパトーン事件の〝コパトーン〟と呼ばれるようになった。

山崎も、そう呼ばれることをそんなに嫌がってはいなかった。

彼女達の誰かが、「〝コパトーン〟て何？」と聞いたので、武田が、簡単にコパトーン事件の話をすると、彼女達全員が大笑いしていた。

そして、ギターを持っている小山の周りにみんな囲むように集まり、小山が歌いだす。

加山雄三の歌を小山は弾き語りで歌い、また、その歌が意外とうまく、ちょうど、この海に合っていた。

途中から、吉岡と武田が一緒に歌いだし、村井や山崎も歌い始め、女の子達も声を出し始める。

次からは、小山が伴奏し各カップルで歌おう、ということになったが、歌っている時にすぐ誰かが一緒に歌いだすので、結局、全員で歌うことになり、十曲以上歌っていた。

歌詞を書いている本も小山が持ってきていたので、忘れている歌詞も、全員声を張りあげて歌うことができた。

ギターを弾ける奴はかっこいいな〜と誰もが思っていたに違いなく、彼女達の人気を集めていた。

楽しい時間は早いもので、もう十時半を過ぎていたので、この辺で歌をやめて、もう一度自然の中に自分達を置くことにした。

言いだしたのは、ギターを弾いていた小山だから、少し疲れたのかもしれない。

歌を歌っていた円陣から、初めのように、カップル同士でバラバラに別れて、海のほうを向いて砂浜に腰を下ろす。

吉岡と川西さんも二人並んで座り、海を見ていたが、ザザザーという波の音が妙に寂しく感じて、ふと、川西さんのほうを見たら、彼女も吉岡のほうを見て、ニコッと笑った。

その時、彼女の白い歯が月明りに真っ白く輝いていて、とても可愛く、思わず彼女の手を握っていた。

彼女は、嫌がりもせず、手を握り返すことも振り払うこともせず、ただじっとしている。

吉岡は、胸がドキドキしてきて、彼女を抱き締めたい願望が湧いてきたが、みんなが周りにいるので我慢した。

しばらくして、「もう遅いしそろそろ帰ろうか」と村井が言いだし、みんなも名残おしそうに立ち上がり帰ることにした。

砂浜を上り、道路に出て、そこで別れると思っていたら、帰ろう、と言いだした村井が、「俺達はもう少し砂浜を歩いてから帰るわ」と言い、武田も「俺達もそうする」と言って、二組のカップルはまた、海のほうへ歩きだす。

吉岡も、本当はもう少し川西さんと一緒にいたいと思ったが言えず、他の連中と民宿に帰ることになった。

歌を歌っている時、明日も砂浜で一緒に遊び、彼らの最後の島の夜になるので、みんなで花火をしようと約束していた。

吉岡は、川西さんが自分をどう思っているかを知りたかったが、さっき一言、「俺達も」と言えなかった自分が少し情けなかった。

民宿に戻り、布団を敷き、帰ってきた三人で今日一日のことをいろいろ話していたが、村井と武田が帰ってこない。

夜中の十二時近くに二人は帰ってきて、ニヤニヤしながら語り始めた。

二人は、それぞれ浜辺の反対のほうへ別れ、しばらく話をしながら、手をつないで歩いたらしい。

途中で、砂浜に座り、寝転んで星空を見ていたと言う。

そして、武田が「キスをした」と言ったので、「エッ！」「本当かよ」と、先に帰った連中は驚いた。

すると、村井が、「俺も」と静かに言った。

武田も村井も、同じように手をつないで海岸線を歩き、そして、砂浜に寝転び星を見ながらキスをした、と言うのだ。

小山と山崎が、「本当にキスをしたのか」「それだけか？」「お前達、何やってんだよ」と、いろいろ質問したが、二人ともキスだけして帰ってきたらしい。

残りの吉岡達三人は、自分達も行けばよかったと少し後悔していた。

そろそろ寝ることになったが、各自、布団の中で今日一日のことを思い浮かべて、喜んだり、悔しがったり、どうでもいいと思ったり、それぞれだったに違いない。

翌朝、おばさんに起こされる前に、すでに顔を洗い、朝食を待っていた。

早起きができるようになっている。

昨日のキスの話を聞いてから、武田と村井が、なんとなく落ち着いた大人に見えたのは、吉岡だけではないと思う。

朝食後、着替えが終わった武田と村井が二人で何か話をしていた。

山崎が、「何、二人でヒソヒソ話をしてるんだよ」と、つっかかると、

「なんでもない。昨日の話をしてただけだよ」と武田が返事をしたが、村井は黙っていた。

村井は、昨日一緒にいた女の子と、今日も花火のあと二人になって星空を見る約束をしていて、それを武田に話していたのである。

武田と違い、村井は女の子のほうからキスをされ、今日の約束も彼女のほうから言われていた。

同じようにキスをした仲間と思っているのか、村井は、そのことを武田に話し、どうしようかと相談していたのだ。

村井の相手は、一つ歳上のかなり積極的な娘《こ》で、村井は少し戸惑っていた。

武田は、「行けばいいじゃん」と軽く返事をしていた。

明日帰るので、今日が島最後の日になるが、いい天気で、夜の花火が楽しみでもある。

いつもの場所へ行くと、今日は彼女達のほうが先に来ていて、すでに砂浜にはシートが敷かれ、楽しそうに話をしていた。

「オ〜ス！」「おはよう！」と挨拶をし、すぐカップル同士で、日焼け用オイルを塗り合う。

吉岡も川西さんの小さな背中にオイルを塗り、また、川西さんも吉岡の背中に丁寧にオイルを塗った。

吉岡が、「昨日、俺達も、もう少し散歩すればよかったね」と言うと、「私もそう思っていました」と返事をしながら吉岡を見つめ、ニコッと笑った。

この二日間で、みんなお互いの距離が近くなっているのを感じる。

これが、夏という季節の魔力なのかもしれない。

この日も、カセットラジオから流れる音楽を、少し大きめの音量で聴きながら、トランプをしたり、だべったり、泳ぎに行ったり、そして、昼食はいつものお店で焼きそばを食べ、あっという間に夕方になっていた。

吉岡は、川西さんと一度だけ二人で岩場のほうへ行き、水中メガネで熱帯魚のようなきれいな魚を見たり、岩場に登っていろいろな話をしていた。

二人がみんなの所へ戻ると、島に来た日とは違い、全員いい色に日焼けしていて、この島で楽しんだことが全身に出ている。

来てよかった！　吉岡は心の中でつぶやいていた。

花火をする時間を、八時半に決め、一度、民宿にダラダラ帰った。

風呂に入り、今日もおじさんと一緒に、まずビールを飲む。

毎日一緒に食事をしていると、もう家族みたいで、楽しく話をしながら、お腹いっぱい食べた。

今日が最後の夕食になるので、おばさんが、特に美味しい物を出してくれたと思う。

山崎が、花火を消すためのバケツを借り、それをグルグル回しながら、待ち合わせの砂浜へ向かった。

八時半少し前に着いたが、ちょうど、砂浜へ下りる辺りで彼女達と合流し海のほうへ向かいながら、自然とカップル同士になり歩いている。

山崎が、バケツに海水をくみ、小山が民宿でもらったロウソクに火をつけた。

かなりたくさん買ったはずの花火は、意外と早く、すべてなくなった。

最初は、一本ずつ各自が持ち、海のほうへ向け、パン、パン、と連発で出る花火を楽しんでいた。

吉岡と山崎が、砂浜に十本くらいを刺して並べ、次から次へと火をつけると、ヒュ～パン、ヒュ〜パン、と星空へ飛んでいき、なかなかの花火だった。

近くで、他のグループも何組か花火をしていたが、村井が、「俺達の花火が一番いいな〜」と言うと、全員が、「そうだ」「そうだ」と嬉しそうに手をたたいて喜んだ。

終わってしまった花火の燃えカスを拾い集め、バケツの中へ入れ完全に火を消し、また、みんな、海のほうを向いて座る。

山崎が、「ああ、もう明日帰るのか〜」と言うと、隣に座っていた女の子が、「私も一緒に帰りたいわ」と小さな声で言った。

吉岡が川西さんのほうを見ると、彼女も、海のほうを見ながら小さな声で、「私も帰りたい」と言ったような気がした。

もう十時半を過ぎていた。

小山が、「そろそろ帰ろうか」と言ったが、誰も返事をしない。

「もう帰るぞ！」、もう一度小山が言って、「ああ、そうしようか」と次々言いだし、腰を上げる。

武田と村井は、昨日と同じように、「俺達はもう少しここにいる」と言って、二組は手をつないで、お互い反対方向に海岸線を歩きだした。

吉岡は、今日こそ「俺達も行こう」と川西さんに言おうとしたが、言葉が出なかった。

川西さんも、吉岡のほうを見ていたが、何かを待っている感じで黙っている。

「さあ、帰ろう」と誰かが言い、二組以外は民宿に帰ることになった。

吉岡は帰り道で、何度も川西さんの所へ走って戻り、「もう少し一緒にいよう」と言いたかったが、根性がなかった。

モヤモヤしながら、明日帰る準備をし、布団も敷き、ビールを飲むことにして食堂に向かうと、おばさんが、適当につまみを用意してくれたので、三人でビールを五本も飲んでしまった。

少し気持ちよくなってきたころ、武田と村井が帰ってきた。

そして、今日もキスをし電話番号を聞き、東京で会う約束までした、と言う。

山崎が「俺も連絡先を教えてもらったよ」と言うと、小山も「俺も」と言って、「吉岡はどうしたんだよ」と聞いてきた。

吉岡は「もちろん俺も教えてもらったよ」と答えたが、それはウソだった。

川西さんに何度も、電話番号を教えてくれと言いかけたが、言えずにいたので、吉岡だけが、連絡先を聞いていなかった。

吉岡は焦った。

川西さんのことが気になり、胸がざわつく。

ヤモリは、初日のように天井一面にはいなくなり、数匹程度で、もう気にもならなくなっていた。

翌朝六時ごろに起きだしたが、外は今日もいい天気だ。

日課のようになっている、洗面、食事、順番トイレが終わり、毎日飲んでいたビール代を支払おうと、吉岡がおばさんの所へ行ったが、ビール代はいらない、と言う。

結構飲んでいたので、「それじゃ困ります」と言ったが、おじさんも来て、「俺も一緒に飲んだし、いいよ」と支払いを断られた。

彼らは、みんなで相談し、少ないが、五人で一万円をティッシュに包み、帰る時に渡そうと決めた。

七時半ごろ、民宿を出発する時、おじさん、おばさんにお礼を言って、一万円を包んだティッシュを半ば無理やりおじさんに渡し、民宿をあとにした。

港には、すでに船が接岸していて、また新しい家族連れや若者達を連れてきている。

乗船が始まった時、彼女達が見送りに来た。

吉岡はすぐ、川西さんの所へ飛んでいき、そっとメモを渡す。

自分の電話番号を書いたメモを昨夜準備していて、もし、川西さんが見送りに来てくれたら、絶対渡そうと決めていたのだ。

来なかったら、それが運命だと諦めるつもりだった。

すると、川西さんも、そっとメモを吉岡に渡した。

そこには、川西さんの電話番号と可愛らしい女の子の字で〝東京でも会いたいです〟と書いてあり、吉岡は嬉しかった。

昨夜、みんなにウソをついたが、これで俺も……と思った。

他の連中も、それぞれのパートナーに別れの挨拶と、東京での再会を約束していた。

船に乗り込み、彼らは、来た時と同じ雑魚寝の畳部屋に荷物を置き、甲板に出た。

船員の人達が乗客に紙テープを渡し、それを、見送りに来ている人達がいる岸壁へ向け投げるよう説明している。

彼らも、彼女達のほうへ投げた。

何本もの、赤や黄色、青、白、と色とりどりの紙テープが、船と岸壁をつないだ。

そこに民宿のおじさん、おばさんも来てくれていた。

大きな汽笛とドラが鳴り、そして、「蛍の光」が流れだすと、船は少しずつ岸から離れていく。

吉岡は、川西さんとテープでつながっていたが、船が動きだした時、川西さんが泣いているように見えた。

徐々に船が離れていくと、紙テープも切れ、ついにはテープのつながりはなくなり、岸が次第に遠くなる。

岸壁から手を振っている見送りの人達が、段々小さくなっていったが、吉岡は川西さんを、ハッキリ確認することができた。

東京へ帰ると、また以前と同じような日常が流れていくのだろうか。

この夏の思い出で変わっていくのだろうか。

彼女達との再会は、あるのだろうか。

ひと夏の恋で、終わらないだろうか。

吉岡は、東京で、川西さんともう一度会いたいと強く思った。

また、昔のような毎日に戻ってしまうとしても、吉岡達五人は、仲良くたむろして遊んでいることだろう。

それでいいんです。

# ラブレター

初めてラブレターを書きました。

言葉で君に、僕の気持ちを伝える勇気がなくて……。

手紙を出してから、もし返事が来るとしたら、どんなに遅くても、この日までには来るだろうと思い、朝から十回以上もポストを見に行きました。

郵便配達の時間はある程度決まっているのに……。

でも返事は来ませんでした。

それから一週間が経っても。

僕はすごく落ち込んで、自分の涙で溺れてしまいそうでした。

君を忘れることができるでしょうか。

忘れなくてもいいですよね。

ケガをしてそのケガが治ったとしても、その傷痕を見るたびにまた、ケガを思い出すように。

何かの拍子に君を思い出すんでしょうね。
そうやってずっと生きていくんでしょうか。
　それでいいんです。

# オムライスとカツカレー

君はちょっと変わった色模様のシャツを着て僕を驚かせましたね。

二人で並んでスクランブル交差点を渡る時、すれ違う人達が君を見ているのを僕は分かっていました。

君は、僕が言うのもおかしいかもしれませんが、こんなに可愛く笑顔が素敵な人はいないといつも思っていました。

すると、そっと君は僕の手を握りスキップをするようにはしゃいでいましたね。

どこまでもこの交差点が続いていたらいいなと思いながら歩いていました。

入口が狭くて階段がある、二階の小さなお店に入りました。

君はオムライスとアイスティーを、僕はカツカレーとコーラを注文して、君のほうが早く運ばれてきて、僕が寂しそうな顔をしていたら、オムライスを一口食べさせてくれましたよね。

あんなに美味しいオムライスは初めてでした。

二人で、昨日テレビでやっていたビーチバレーの話をしながらオムライスとカツカレーを半分ずつ食べましたよね。

そろそろお店を出ようとした時、君は突然泣きだしました。

僕はビックリしてどうしていいか分からず、黙ってハンカチを渡すのが精いっぱいでした。

その時は君の気持ちが分からずにいたんです。

あとで友達に聞いた時、僕は言葉が出ませんでした。

ビルだらけのこの大都会に独りぼっちになってしまったような、苦しく、悲しい気持ちになりました。

君は逝ってしまったんですね。

僕が友達に聞いて知ったのは君が逝って一週間後でした。

入院して手術をしたんですね。

どうして僕に言ってくれなかったんですか。

君は知っていたんですね。

僕があまりにも弱虫で、きっと泣いてしまうことを……。

この前、君と一緒に入ったあのお店に一人で行ってきました。

オムライスとカツカレーを、そして飲み物はアイスティーとコーラを注文したんです。

お店の人は変な顔で僕を見ていましたが、僕は全部食べて、全部飲んでお店を出ました。

最後にコーラを飲み干す時、なぜか涙が流れたんです。

やっと君とお別れができたんでしょうか……。

　それでいいんです。

# 宝物

僕がまだ小学生の時でした。

小学一年生になったばかりの妹が、「お兄ちゃん！」と、昼休みに突然友達と三人で僕の教室にやって来ました。

教室の入口のドアを男子が押さえていて自分達が中に入れない、と助けを求めてきたんです。

僕はすぐ飛んでいき、妹達の教室のドアを力まかせに開けて、「誰がこんなことをした！俺の妹にこんなことをしたら許さんぞ！」と大声で怒鳴ったら、イタズラをした男子二～三人が僕の前に来て、「ゴメンナサイ」と謝り、妹達はニコニコしながら教室の中へ入っていきました。

家に帰ると、すぐ母が僕を呼んだので、何か怒られるんじゃないかとヒヤヒヤしながら母の所に行くと、母は僕を前に立たせて、画用紙のような物を広げて読みだしました。

「表彰状

あなたは、助けを求めた自分の妹と妹の友達のためにすぐ飛んでいき助けました
本当にいいことをしました
これからも妹を守ってください
よってあなたを表彰します　母より」

怒られるどころかほめられて、生まれて初めての賞状をもらいました。

妹が家に帰ってから母に話をしていたようで、母はすごく喜んで手書きの表彰状を作ったんだと思います。

母の手書きの表彰状は、僕の大切な宝物になりました。

妹は学校の宿題や勉強は僕には聞かず、いつも姉貴や兄貴に教えてもらい、こんな時は僕のほうへ来るんです。

妹は、姉貴や兄貴と僕の性格や特性を、子供ながらに分かっていたんでしょう。

その日の晩ご飯のおかずは、僕の好きな甘い玉子焼きを中心にいつもよりたくさんあったように思います。

母も嬉しかったんでしょう。

数日後、父からもほめられましたが、母が父に話をしたんだと思います。

無口な父が、珍しくニコニコして嬉しそうでした。

これからも、姉貴、兄貴、妹とは仲良く生きていこうと思うと同時に、何かあったら、あの時と同じようにすぐ飛んでいき、自分にできることはなんでもして助け合いたいと思います。

その大切な宝物の賞状は今、どこに行ってしまったのか分かりませんが、僕の心の中には今でも大切な宝物として保管されています。

それでいいんです。

# 罰金

友達が、僕の家へ遊びに来ていた時のことです。

友達は、もう働いていたのでタバコを吸っていました。

僕はまだ学生で吸ったことがなかったんですが、その友達が、「ちょっと一本吸ってみぃ」と言って、タバコを一本僕に渡したので、少し興味もあったし、こっそり自分の部屋で、初めてタバコに火をつけました。

その時、部屋の外から、「ジュース、持ってきたよ」と母の声がしたので、焦って手に持っていたタバコを友達に渡しましたが、母は気づいていたかもしれません。

この友達は、中学、高校が同じで、いつも同じクラブに入部していました。

僕が大学四年生の時、車を初めて手に入れて、好きな運転を楽しんでいたある日、スピード違反で捕まりました。

第三京浜を走っている時、変な車が僕の車の後ろにピタッとついてきたので、僕は、あおられていると勘違いして、〝このヤロウ〟と声を出して、アクセルを思いきり踏み込み、ぶっち切っていました。

その車は、すぐついてきて、しばらく走ると突然、赤いライトがクルクル回りだしサイレンが鳴り、「前の車、停りなさい」とマイクで言われてしまいました。

僕は、後ろについてきていた車が覆面パトカーとは気がつかず、アクセルを踏み込んでしまったんです。

でも、僕の車をあおっておいて、これはヒドイ！　違反をさせようとしているとしか思えませんでしたが、どうしようもありません。

もっと、冷静になればよかったと反省しました。

少し広くなっている避難場所のような所に車を停車させると、パトカーもすぐ後ろにピタッと止まり、警察官が一人やって来て、パトカーへ連れていかれ、生まれて初めてパトカーに乗りました。

僕は「あおられてると思い、逃げたんです」と言うと、「君は、ずっとスピード違反をしていて、しばらく様子を見ていたんだ」と言い、そして、「これを見て」と、スピードメーターの横にある、もう一つのメーターを指さされ、「これは何kmになってる」と聞かれ、「１２６kmです」と答えると、「46kmオーバーです」と言われました。

80㎞制限だったんです。

どうせ捕えるなら、もっと早く捕えてくれればいいのに、スピードが上がったところで捕まえるとは……と少し頭にきました。

違反キップを切られ、罰金は四万円。

そんな金ないよ！　と思いながら、もう一方で、これで俺も一人前かな、と変なこともよぎりました。初めて、違反で捕まり、パトカーにも乗せられたので、そんな馬鹿なことを思ったんでしょう。

罰金を払おうにもお金がない、親に言うわけにもいかず、例のタバコ友達の家に行き相談しました。「いくら？」と聞かれたので、違反キップを見せて、「四万円」と言うと、「分かった、俺が貸してやる」と言いながら自分の財布から四万円を出し、「お前は学生だから金がないだろう。俺は働いていて、ちょうど給料日後だから、貸してやる。お前が、働きだしてから、返してくれればいい」と、ビックリするくらい、すぐ貸してくれました。

おかげで、親に知られることなく、罰金を払うことができ、本当に助かりました。

こんな、〝ある時払いの催促なし〟で借りたお金は、「俺が、就職したら、すぐ返す」と、言っていたのに、大学を卒業し、サラリーマンとなり、初ボーナスで返そうと思っても、初ボーナスは、寸志程度で、返済は無理でした。

その後、連絡もしていませんでした。

三年目のボーナスの時、やっと返せると思い、夜、友達に連絡をして家に行くことにしました。

「おう、久しぶりだなあ、元気してたか」「まあまあ元気だよ」と、軽い挨拶を交わしながら、彼の部屋へ入り、罰金四万円を返そうとしたら、「それ何？」とキョトンとしていました。

僕が、スピード違反の罰金を、学生の時に借りたことを説明すると、「なんだ、その金か」と笑っていました。

忘れていたようです。

もう、三年以上過ぎていますから……。

「もういいよ」と言うので、僕も「早く返したかったけど、遅くなって悪い」と言っても、「もういい、いいから」と受け取ろうとしません。

僕も、「もう、俺も社会人だし、借りたものだから」と言って、二人とも、その四万円を前にして言い合っていました。

しばらくして、僕が絶対に引かないと感じたのか、「分かった」と言って、受け取ってくれました。利息はなしです。

すると、「じゃあ、メシでも食いに行こう」と言いだし、僕達は、奥沢の小さなカウンターだけの小料理屋に行きました。

ちょっと高そうなお店でしたが、次から次へと料理を注文し、その友達は、お酒が飲めないので僕だけがかなり飲んで、少し酔ってしまいました。

今までずっと借りていて、利息もなしなので、「ここの支払いは、俺にさせてくれ」と言うと、

「このお金で払う」と言って、僕が三年越しに返した罰金で、支払いをしてくれ、逆に、全部おごってくれました。

この罰金を、僕に返してもらうつもりが初めからなかったようです。

自分は社会人で、僕が貧乏学生と分かっていたんです。

僕達は、中学生からの友人で、お互いの家によく遊びに行っていたし、高校のころからは、一緒に旅行に行ったりしていて、気心の知れた間柄でした。

本当にいい奴で、タバコも教えられましたが、僕の大親友です。

この親友とは、これからもずっといい関係で、仲良くしていると思います。

それでいいんです。

# リハビリ

眠れない夜は、必ず君のことを思い出しています。

こんなに歳月が流れているのに、なぜか分からないけど、君の顔が浮かんでくるんです。

君と過ごした時間は、僕にとって、一体どんな時間だったんでしょうか。

君は、どう思っているんでしょうか。

きっと、もう僕のことは忘れているんでしょうね。

あの日、あんなことがなければ、僕達は今でも一緒に、食事をしたりして、遊んでいたんでしょうか。

君のことを、もっと知りたかったし、僕のことも、もっと知ってほしかったのに……。

二年前、君と約束をして、新宿アルタの前で待ち合わせをした時でしたね。

ちょうど君の誕生日で、二人でお祝いをしようと、僕が君を誘ったんです。

僕が約束の時間より二十分前に着くと、もう君は来ていました。君のそばにすぐ駆け寄り、君の手を握り、「ごめん、遅くなった」と言ったら、君は「今来たばかりだし、まだ、約束の時間のだいぶ前だよ」と笑いながら、僕の手を握り返してくれましたね。

歌舞伎町のほうへ歩いて行き、予約してあった、ちょっと洒落たイタリアンレストランに入りました。

僕はあまりお金がなくて、高級フランス料理は無理だったので、そこそこのイタリアンにしたんです。

事前に君に聞いた時、イタリアンが好きと言ってくれたので、コース料理も安い、このお店にしました。

君は、僕の財布まで、心配してくれたんですね。

お店に頼んでいた、バースデイケーキが運ばれてきて、それも、四～五人の人達が一緒に来て、ケーキのロウソクに火をつけ、ハッピーバースデイの歌を歌ってくれました。

歌が終わりロウソクの火を君が消した時、他のお客さん達も一緒に拍手をしてくれ、君の誕生日を、みんなが祝ってくれているようでしたね。

君も、「ありがとうございます」と、お店の人や周りのお客さん達に頭を下げ、僕のほうを見て、「嬉しい！　こんなこと初めて」と言いながら、少し嬉し涙を流していましたよね。

僕は、そっとハンカチを渡し、僕達はワインで乾杯しました。

食事が順番に運ばれてきて、その一つ一つに「美味しい、美味しい」と言いながら、君はとても嬉しそうな表情を見せ、全身で喜んでいました。

デザートのあとのコーヒーが運ばれてきた時、君は満足そうな顔をして「今日は、本当にありがとう」と言ってくれましたよね。

僕は、プレゼントを迷いに迷って、ネックレスにしました。

安物ですが、僕の気持ちは、値段の百倍以上あると思っていました。

お店を出て、次に行く店を決めていたので、君の手を引いて「次のお店は、たまに行ったことがある、カウンターバーだから」と言うと、君は「カウンターバーは、初めてだから、テレビや映画みたいで楽しみ」と、つないでいた手をほどき腕に手をまわし、僕に寄り添ってきましたよね。

もうすぐお店に到着する、と思った時、前のほうから何か、怒鳴り声のような、言い合いしている男達の大声が聞えてきました。人だかりができてきて、僕達も、その人だかりのほうへ歩いていきました。

君が、「怖いから、行くのはやめようよ」と言ったのに、僕は「大丈夫だよ」と言って、そのまま人だかりのほうへ行ってしまったんです。

突然、悲鳴が聞こえてきて、人だかりも四方八方にバラバラになり始めると、二～三人の男達が、僕達のほうへ走ってきました。

怒鳴り声と悲鳴の中、走ってきた男達の一人が僕達を突き飛ばしました。君は道路側へ、僕は反対側へ飛ばされ倒れてしまいました。

何人もの人達が、男達に突き飛ばされ倒れてしまい、女性の悲鳴が響き渡り、騒然となる一帯。

君は、道路脇に積んであった空瓶の山に、かなり強くぶつかり、空瓶の山が、君のほうへ倒れ、大きな音をたてながら割れました。

割れた瓶のガラスが、君の足に当たり、真っ赤な血が吹き出しています。

駆け寄って君を見ると、ショックで気を失っていて、僕もビックリし、どうしていいか分からず、ただ焦っているだけでした。

大勢の警察官が来て、何台ものパトカーと救急車のサイレンが、夜の歌舞伎町に鳴り響いていました。

三人が救急車で運ばれ、その中に君もいました。

僕は手のひらから血が出ていましたが、たいしたことはなく、君と一緒に救急車に乗り込んで病院へ向かいました。

サイレンを鳴らしながら、救急車で病院へ運ばれている間、僕は君の手を握り、声をかけましたが、まだ意識が戻りません。

病院に到着し、僕は手の治療を受け、君は手術室に入っていました。

君のご両親には、病院に到着してすぐ連絡をしていたので、一時間もしないうちに不安な表情で駆けつけてきました。

「すみません」と僕が言って説明しだしたら、警察官が来て、「暴力団の争いに巻き込まれました」と静かに話を始めました。

僕は、反省していました。

なぜ、あの時、君の手を離してしまったんだろう。

なぜ、君が〝怖いから行くのをやめよう〟と言ったのに、〝大丈夫〟と言ってしまったんだろう。

これは、すべて僕が悪い！　と、胸が締めつけられていました。

手術室のドアは、二時間くらい開きませんでした。

手術がやっと終わり、中から医者が出てきた時、僕は医者の表情を見て、手術が成功したか、失敗したかを察しようとしましたが、無表情のままご両親の前に来て説明をしていました。

君のお母さんが、声を出して泣きながら、君のお父さんに倒れかかりました。

僕が近づくと、お父さんが、「右足の動脈を、割れたガラス瓶が切断し、神経まで傷つけていて、一生車いすか松葉杖になるかもしれない」とつらそうに話をしてくれました。

僕は、目の前が真っ暗になってしまいました。

僕が悪いんです。

ご両親に、「すみません」と謝りましたが、お父さんは何も答えず、お母さんは「どうして、どうして」と何度も僕に言ってきました。

もう、夜中の十二時を過ぎていましたが、病院に運ばれた人の家族らしき人達が多く、異様な雰囲気に包まれていました。

君は、集中治療室に入り、しばらく入院することになりましたよね。

僕は、毎日病院に行きましたが、君の顔を見ることはできませんでした。

二週間くらいして、一般病棟へ移ってからも、毎日病院へ行きましたが、君のご両親は、僕を会わせてくれませんでした。

三ヶ月くらい経ったころ、君は個室に移っていました。病室へ行くと、ご両親がいなかったので、君に会える、と思いましたが、そこに君の姿はありませんでした。

胸騒ぎがして看護婦さんに聞いたら、リハビリに行っている、とのこと。少しホッとして、すぐリハビリ室に行ったんです。

平行棒のような所で、介助を受けながら、必死にリハビリをしている君の姿が目に入ってきて、それを見た時、自然と涙が流れてきました。

リハビリ室に入り、君の所へ行きましたが、久しぶりに会う君はやつれていて、以前の元気な時の面影は消えていました。

君は、僕を見ながら少し笑いましたが、とてもつらそうでした。

僕が「ごめん」と言うと、君は「仕方ないよ」とだけ言って、僕から目をそらし、介助を受けて、車いすに座りましたよね。

そして、「毎日来てくれたみたいだね」と言って、「もう、私達別れましょう」と、下を向いたまま言いましたよね。

僕が「何言ってんだよ！　一緒にリハビリ頑張ろう」と言っても、君は「別れましょう」と、もう一度言いました。

そこへ君のお母さんが来て、「もう、この娘《こ》のことは、ほっといてください」と言われてしまいました。

君は、「リハビリをしても、昔みたいに歩けない」と悲しそうに言うだけでしたね。

僕は、言葉が見つからず黙っていました。

こんなことがあってから、病院に行く回数も減ってしまい、週一回になり、二週間に一回になってしまいました。

でも、僕は諦めていませんでした。

リハビリを続けたら、昔みたいに二人並んで歩けると……。

それから約半年が経ち、君は実家へ戻り、定期的に病院に通いながら、リハビリをしていましたよね。

君の家へ行っても会えないので、君が病院でリハビリをする日に、僕も病院に行くことにしたんです。


また、一年以上経ったころ、病院で君を見つけました。

ずっとリハビリを頑張っているようで、介助なしで少しだけ歩いていましたが、君は痛みを我慢しながら、足を前へ前へと動かしていましたね。

僕が寄っていき、「俺は君と別れないぞ！」と言うと、君は急に泣きだし「でも、もうダメ、昔みたいに歩けない。あなたの足手まといにはなりたくない」と、声を出して泣きくずれました。

「何、言ってんだよ、足手まといになんか、なるもんか、こうなったのは俺が悪いんだ」と言うと、「あなたは悪くないから、もう、私を忘れて。同情してくれなくてもいいから」と泣きながら言います。

僕は、「馬鹿なことを言うな！」と大声を出していました。

リハビリ室の他の人達も、僕達のやりとりを静かに見ていました。

君は、僕を忘れていなかったんですね。

だから泣くんでしょう。

僕は改めて、君のことが好きになり、君の優しさも感じましたよ。

だから、何年かかっても、昔のように歩けなくても、僕は君の心が好きなんです。

君のすべてが好きなんですよ。

「俺は君とは別れない！　絶対別れない！」と大声で強く言っていました。

そして、君の手を握り「もう、離さない」と言うと、君は、こらえ切れないように、泣きながら僕に抱きついてきましたよね。

どんなに月日が流れても、君はいつも、僕の頭と心に浮かんでくるんです。

君と過ごした時間は、大正解ですよ。

君の本当の気持ちも分かったし、これから二人でリハビリをしながら、一歩ずつ前へ行きましょうね。

きっと、昔に戻れます。

二人一緒だから、怖いことはありませんよね。
もう一度、強く君を抱きしめたら、君も強く抱きしめてくれましたよね。
そして、二人とも、涙を流し、声を出して泣いていましたね。

それでいいんです。

# 代　返

もうすぐ夏休みになるので、なんとなくみんな気が緩んでいたころ、僕は三人の友人達に、代返を頼まれたことがあった。

それも、厳しい教授の必修科目の授業の時に。

教室の後ろのほうで、自分の前に学生がいっぱい座っていて、教授から見えにくい席にまず座り、そして、顔を伏せ、「はい」「は〜い」「はい↗」「はい↙」と、自分を含め、四人分を、声の調子を変え、ヒヤヒヤしながら返事をする。

二人までの代返は何度かあったけど、三人は初めてだった。

友人達は、学校に車で来た奴と一緒に鎌倉の海へ遊びに行き、僕が行くのを断ったのだ。あとで飯をおごるから、と言われたが、バレたら僕も単位を落としてしまうので、もう、ゴメンだ。

僕の前に座っている学生や、周りの学生も、僕が代返をしていると分かっていても、誰も何も言わない。

学生同士の暗黙の絆というやつだ。

ひょっとして、教授は感づいていたかもしれないが……。

その時、僕の反対側に座っていた君は、僕の代返をニヤニヤしながら、見ていた。

そして、君も、「ハイ」「ハ～イ」と、代返をしている。

僕がそれを見て、下を向いて笑っていたら、教授がテキストを見ている時なのか下を向いているたびに、少しずつ座席を移動して、ついに、僕の横まで来ていた。

なんと大胆な女の子だろう。

そして、自分のノートに何か書いて、僕のほうへずらして見せてきた。

そこには、「あなたも大変ね、授業が終わったら、一緒にお茶を飲みに行こう」と書いてある。

ショートカットのその女の子は、本格的な夏が来る前だというのに、すでに小麦色の肌に日焼けしていた。

僕が、ノートを見ても何も反応しないでいると、また、ノートに〝YES〟〝NO〟どっちかに○を付けてください、と書いて見せてきた。

この女の子は、何度か同じ授業で見たことはあるが、話したことは一度もなかった。

いつも、五人くらいのグループで授業を受けていて、僕もいつもは、四～五人でつるんでいたが、お互い、初めて一人で受講していた。

僕は〝ＹＥＳ〟のほうを〇で囲んでノートを返した。

その時、ニコッと笑った君の白い歯が印象的だった。

授業が終わり、君はすぐ立ち上がり、「さあ、行こう」と、ずっと前からの知り合いみたいに、気さくに声をかけ、先に歩きだした。

僕は、自然に君のあとについて教室を出ていく。

お互い代返をした同士で、変な仲間意識のような親しみが湧いていた。

僕は学食に行くものだと思っていたら、君はどんどん僕の前を歩いていき、校門も出てしまった。

僕が、「どこに行くんだよ」と呼び止めたら、「私についてきて、洒落たお店を知ってるから」と言う。

「俺はもう一科目授業があるから、あんまり遠くには行けないよ」と言ったら、「大丈夫」とだけ言って、また、サッサッと歩いている。

五～六分歩いた所に立体駐車場があり、「車を出してくるから、待ってて」と言いながら行ってしまった。

二～三分もしないうちに、真っ赤なスポーツカーに乗った君が現れた。

こいつは一体、どんな奴なんだと思った。

車に乗り走りだしたら、「江の島へ行く」と、前を見ながら言う。

僕は、「待ってくれ、大丈夫じゃないよ、江の島まで行ったら、次の授業は間に合わない。降ろしてくれ」と言ったが、「ダメ、一緒に行く」「どうせ、次の授業は選択科目でしょ、サボっちゃえ」と簡単に言ってくる。

「君は、もう授業はないのか」と聞くと、「あるよ、でもサボる」と……。

こんな会話をしながらでも、彼女の運転は小気味よく、うまかった。

困ってしまったが、もう一方で、まあいいか、とも思っていて、僕も次の授業は諦めてサボることにした。

第三京浜から、横浜新道をしばらく走り、一般道に出て少し走りながら窓を開けると、もう、かすかに潮の香りが感じられる。

こんな、ヤンチャな女の子は初めてだった。

「前にも代返してたでしょう」と聞かれ、「ああ」と答えると、「私は今日が、初めて。意外とドキドキして、スリルがあるわね」「でも、もうしないよ」と言った。

「あなたは、どうして代返するの」

「友達に頼まれたから」

「どうして、ＯＫしたの」

「頼まれたから」と、同じ返事をした。

そして、今日の代返の理由を話したら、「あなたも、みんなと一緒に、鎌倉へ行けばいいじゃん」と言う。

「必修科目だから、ちゃんと受けたかったんだよ」

「へえー、意外と真面目じゃん」

「じゃあ、君はどうして代返をしたんだよ。君も、友達に頼まれたから、代返をＯＫしたんだろう」と聞くと、

「私には本当の友達が、いないの。みんな、私を利用しているだけなの」と寂しそうに答えた。

「いつも、友達と一緒に授業を受けているじゃないか」

「それは、授業のあとで、食事に行き、いつも、私がお金を払うからなのよ。みんなも、私のこと、友達と思ってないよ」と投げやりに言う。

「そんなことはないと思うよ、友達じゃなかったら、一緒に授業を受けたり、たとえ、食事をおごってくれても、嫌な奴とはつるまないよ」

「それは、男同士の話でしょ」

「女同士は、違うの」と、なんとなく、つらそうに言っている。

僕は、何も言い返せなかったが、彼女の寂しさが少し感じられた。

こんなに活発で、行動力があり、明るい女の子なのになんだろう、と思ったが、初めて話をする相手だし、よく知らない女の子だし、これ以上突っ込んで聞くのをやめた。

少し遠回りをして海沿いを走っている時、彼女は、窓を全開にしたので、車の中へ潮の香りが入り込み、爽やかな気持ちになったが、それは僕だけだったのかもしれない。

二人とも黙ったまま、しばらく潮風を受けながら、海を眺めたりして車は走り続けた。

江の島の入口近くの駐車場に車をとめ、そこから歩いて島へ向かう。

橋を渡っている時、もう真夏のような、強い太陽と夏の風が二人を歓迎しているようだった。

突然、彼女が僕の腕に手をまわして組んできた。

「おい、おい、どうした」と言ったら、「いいでしょう」と気にしていない。

腕を組んだまま江の島へ渡り、少し歩いた辺りで、「ここ」と言って、お土産屋さんみたいな所へ入っていった。

「エッ！　ここが洒落たお店かよ」

「そう、ここの奥で、海を見ながらお茶を飲めるの」

確かに奥に行くと、狭いが二つだけテーブルがあり、景色もよく、海を見ながらお茶を飲めるのは、洒落ていると思った。

お土産屋さんの奥に、こんなお店があるとは、普通、誰も分からないだろう。

やっぱり、お客さんは誰もいなかった。

彼女が、「私はアイスレモンティー、あなたは何にする?」と聞いてきたので、「俺も同じでいいよ」と答えたが、すぐ、「いや、俺はコーラにする」と変更した。

なんとなく、すべて彼女に仕切られているようで、コーラに変えたのは、変な自己主張だった。

彼女が、お店のおじさんに、「コーラとアイスレモンティーをください」と少し大きな声で注文する。

すぐ運ばれてきたが、僕はなんだか彼女のペースに乗せられて、言いなりになっている自分を見ていた。

コーラで自己主張とは……。

アイスレモンティーを飲みながら、「コーラを一口ちょうだい」と言って、僕が何も言ってないのに、勝手にコーラのコップを手にして、ストローで飲みだした。

やっぱり、彼女のペースだ。

女の子なのに、僕が飲んでいたストローになんの抵抗感も持たず、二〜三口吸い込んで飲んでいる。

変な奴だなあ～と、彼女を見ながら思った。

友達でもなく、今日初めて江の島に来ただけで、僕が飲んだコーラを平気で飲むとは……。

すると、「まだ自己紹介してなかったわね、私は真理子、原真理子、あなたは？」

「僕は、北沢」

「北沢なんていうの、下の名前は？」

「信一郎だよ」

「じゃあ、信ちゃんね、これから信ちゃんと呼ぶよ」

「私のことは、真理子と呼んで」

どんどん、彼女のペースで進んでいく。でも僕は、そんな状況が嫌ではなかった。

「分かった、それじゃあ真理子さん、そろそろ行こうか」

「さんはダメ、真理子でしょ」

飲み物の精算を彼女がしようとしたので、さすがに僕は「ここは俺が出すよ、真理子！」と言うと、初めて呼び捨てにしたのが嬉しかったようで、笑いながら、「分かった、信ちゃん、ご馳走様」と頭をペコンと下げた。

その仕草は、可愛かった。

僕達は、変な関係だなあ。

江の島の上のほうへ歩いていき、そして、島の裏のほうからぐるりと回って、島の入口まで戻ってきた。

歩きながら、「人にご馳走になったのは、信ちゃんが初めてだよ」と彼女は嬉しそうに言った。

「いつも、私がお金を出していたから、変な感じ」と言いながら、手をつないできた。

さっきは突然腕を組んでくるし、今度は手をつないでくる。

僕は、訳が分からなくなってきた。

話によると、彼女達のグループで食事やお茶を飲みに行ったら、いつも彼女が、みんなの分も支払っていたらしい。

「普通は、割り勘だろう」と言うと、「みんな、私が出す、と思ってるみたい」と言う。

僕からすれば、それはちょっと変だと思った。

「それは、おかしい！　だいたい友達同士で行ったら割り勘だよ」

グループの中の一人が、いつも、「それじゃあ、原さんお願い」と言うらしい。

他の誰かが割り勘にしよう、と言っても、その一人がリーダーのようで、なぜか、彼女に払わせようとするらしい。

「そんなの断って、割り勘にしよう、と言えばいいじゃないか」

「以前、言ったことがあるけど、そしたら、もう一緒に食事に行かない、と言われたの」

「じゃあ、行くなよ、そんな奴ら友達じゃないよ」

「他の女の子達も、なんで黙って、そのリーダーみたいな奴の言いなりになってんだよ」

「もう、そんな奴らとは付き合うな」と、立て続けに僕は言っていた。

彼女は悲しそうに、「そしたら、誰も一緒にいてくれなくなって、寂しいじゃないの」と言う。

僕はそのリーダーの奴に怒りを覚え、

「もう、絶交しろよ、そして、俺達の仲間と一緒に、いればいいじゃないか」と言っていた。

「ただ、もう一度だけ言ってみろよ。それで、そのリーダー以外の奴らも、何も言わず、君の味方をしなかったら、思いきって、〝じゃあ、もう一緒に行かない〟と言ってやれ」と少し、イライラしながら言った。

彼女は、「分かった、信ちゃんの言う通りにしてみる」と言いながら、つないでいた手を、強く握った。

車に戻り、「信ちゃん家《ち》まで送っていくよ、家はどこ？」

「横浜だから、家まで行かなくても、藤沢の駅でいいよ、東海道線ですぐだから」

「私は、東京だから、一人で帰るのは嫌、信ちゃんも一緒に東京まで行って」

彼女の家は世田谷のようで、高速の用賀で下りたら便利、とのことで、僕も東京まで行くことにした。

「分かった、真理子さん、東京まで一緒に行くよ」

「ほらほら、ダメでしょう、さん付けはダメ」

どうも真理子と呼び捨てにするのが、僕にとっては難しい。

今日、初めて話をしたばっかりなのに……。

「それじゃあ、真理ちゃんにするよ、君もちゃん付けで呼んでるし」

「そうね。真理子でも、真理ちゃんでも、両方ＯＫにする」

「私も、信ちゃんか、信一郎にするよ」

「いいよ」

そんなお互いの呼び方の話をしていると、変に二人の距離が近づき、昔からの友人のような感覚が生まれていた。

運転は小気味よく、女性と思えないくらいスピードを出すが、安全運転だった。

結局、僕は渋谷駅で降ろしてもらった。

彼女は「じゃあ、また学校で」と言って、開けた窓から片手を振りながら走り去った。

一週間くらい経って、例の代返をした授業で、いつもつるんでいる僕達五人は、教室でだべっていた。

そこに、「信ちゃん！」と大きな声がして、振り向くと彼女達三人がいた。

僕の友人達は、突然の信ちゃんコールにビックリして、「なんだよ」「誰だよ」「おい北沢、お前の知り合いか」と次々に聞かれ、「知り合いだよ」と答えた。

江の島へ行ったことを彼らには、話していなかった。

そして、彼女は僕達が座っている席に来て、「信ちゃん、この前はありがとう」と言って、前の席に女の子三人で座った。

「おい、北沢、誰だよ」「お前の彼女かよ」とか、質問攻めにあう僕。

すると、彼女が振り向いて、「信一郎の彼女の真理子です」と爆弾発言をするもんだから、僕は何を言っていいか、すぐ反応できず、「エ〜」としか声が出なかった。

彼女は続けて、「この前一緒に、江の島へドライブに行ったの」と言いだした。

友人の一人が、「誰の車で行ったんだよ」と聞き、「私の車」と真理ちゃんは答えた。

本当に、この子はオープンな性格だ。

彼女は、僕が、江の島へ行ったことを友達に話をしていると思ったらしい。

彼女は、僕の反応を見て、友達には話をしていないことを、すぐ察したようだ。

「信ちゃん、ごめん」と言って、それ以上この話をしなかった。


授業中にこっそり渡された手紙によると、僕が江の島で〝そんな奴らとは絶交しろ〟と言い、

〝もう一度だけ、そいつらに言ってみろ〟と話したことを、実行したらしい。

そしたら、今日一緒に来た二人が同調してくれて、例のリーダーと、もう一人とは、別れたようだ。

それでよかった、と思い、彼女は僕のアドバイスを真面目に聞き、本人もそう思い、不安の中で行動したんだと、少し見直した。

そして、この二人には江の島でのことを話し、やっと素直になり、二人も今までのことを謝ったらしい。

これで、本当の友達になれるだろう、と安心した。

手をつないだこと、腕を組んだこととか、細かな話はせず、つらい時に僕に相談し、アドバイスをもらい助かった、と説明したようだ。


授業が終わり、僕達五人と彼女達三人で、学食の喫茶コーナーに行き、お茶を飲むことになった。

席に着いたら、すぐ、「江の島ドライブ問題をハッキリさせよう」と友人の一人が言いだし、僕は、「代返仲間なんだよ。お前達が鎌倉に行ったから、俺達は、代返同士で、江の島へドライブに行ったんだ」と簡単に説明した。

「いつからの知り合いなんだよ」

「代返をした日からだよ」

「なんだ、まだ一週間か」「そうか」と、意外とみんな軽く納得する。

単純な奴らでよかった、と思った時、「一週間なのに、名前で呼び合うのかよ、それはおかしいぜ」と一人が言いだした。

すると、彼女の友達が、「違うのよ、グループ内で真理子がつらい思いをしていたのを、信一郎さんが助けてくれたの」「その時、真理子のほうから、名前で呼び合うことを、無理に頼んだのよ」と、僕が説明する必要がなくなった。

元々僕達は、いつもつるんでいて、彼女が欲しくても、相手が誰もいなかったことを、お互いよく知っていた。

僕の友人達が、彼女を質問攻めにしていた。

彼女は、お父さんの仕事の関係で四年間ロンドンに住み、今年日本へ帰ってきて、僕達と同じこの大学に編入してきたとのこと。

彼女一人で、授業を受けている時、今日一緒に来ている女の子達が声をかけ、仲良くなって、つるむようになったらしい。

英語の授業の時、帰国子女なので、読めて、書けて、ペラペラなので、先生も生徒も、みんながら、一目置くようになったことから始まっている。

ある日、三人で学食にいた時、例のリーダー達が声をかけてきて、同じクラスということもあり、それから一緒につるむようになった。

彼女は、開放的で明るく、誰からも慕われだしたので、それに嫉妬して、たかるようになったということだった。

彼女の友達が話をしている時、彼女は、あまり話してほしくないような顔をしていたが、僕は話を聞いて、彼女のつらさや、寂しさが、少し分かった気がした。

八人は、昔からの友達同士のような感じになり、一人ずつ自己紹介をし、「これからも、一緒に遊ぼうぜ」と誰かが言うと、全員が、「そうしよう！」と明るく言った。

その時、彼女は少し泣きそうな顔をしていたが、目が合うと、また、あの素敵な白い歯を見せて笑っていた。

夏休みがやって来るが、代返から始まったこの仲間達は、これからも学生生活を楽しんでいくことだろう。


それでいいんです。

## 大失敗から〜大丈夫

ギュウギュウ詰めの満員電車の中でした。

急に周りがザワザワしだし、動けないほど混んでいたはずなのに、私がしゃがみ込んだ時、周りに隙間ができました。

私は、気分が悪くなって、少し吐いていたんです。

周囲の人達は、ここから早く離れて逃げたいと思い、私の周りが空いたんでしょう。

誰も私を助けてくれようとせず、ただ少しでも離れようとしていました。

その時、あなたは可哀想に思ったのか、「大丈夫ですか」と声をかけ、ティッシュを渡してくれました。

私はその時、少し泣きながらティッシュを受け取り、口の周りを拭き、床の吐きあとも自分のハンカチで拭いていました。

みんな冷たいものですね。

なぜだか分かりませんが、あなたも、自分のハンカチを出し、一緒に床を拭いてくれましたよね。

次の駅に到着した時、私の手を握り、心配そうに電車を降りてくれましたよね。

私は、ホームに座り込み、気持ちが悪いのと恥ずかしさで、泣きだしました。

あなたは、水のペットボトルをたまたま持っていたようで、それを私に「ここでいいから、口をゆすいだら」と言って渡してくれ、私は少しだけ口に含み、うがいをして、ホームの上へもどしました。

あなたは、持っていたスポーツ新聞をその上に被せて拭き取ると、それをペットボトルが入っていたビニール袋に入れ、私が拭いたティッシュもその中に捨ててくれましたよね。

周囲の人達は、私達を気にも止めず、行き交うだけでした。

私は、吐きたいのをずっと我慢していたんです。

そして、ついに我慢ができなくなり、電車の中でもどしてしまったんです。

あなたも、電車の中ではないけど、吐いたことが何度もあるので、その時の気持ちはよく分かります、と言ってくれました。

本当につらいんですよね。

あなたは、仕事の約束があるからと、私をホームにあるベンチまで連れていってくれ、そこに座らせ、「しばらく休んでいたら大丈夫ですよ」と言い、ビニール袋を持って立ち去りましたよね。

一時間ちょっと経ち、用事が済んだのか、会社へ帰ろうとしたのか、また、この駅に来ました。

ここで、私は、あなたを待っていたんです。

どうしても、あなたにお礼が言いたくて……。

ホームのベンチに座っていましたが、あなたを見つけ、寄っていきました。

そして、「さっきは、どうもありがとうございました」と頭を下げてお礼を言い、「汚して捨てたハンカチは、あとで買ってお返しします」と言ったら、あなたは「いいですよ、困った時はお互い様ですから」と言って去ろうとしたので、「困ります」と私は言いながら、ついていきました。

私があとからついていくので、「本当にいいですよ」とあなたは、少し迷惑そうに言いましたが、私は「それじゃ、連絡先を教えてください、後日、連絡しますから、お願いします」と食い下がってあなたを見ました。

私と関わりたくないのか、急いでいたのか、やっと、ＰＨＳの番号を手帳に書き、それを破って渡してくれました。

名刺じゃありませんでした。

あんなに苦しいことは初めてで、どうしようもない時、あなたに助けてもらい、本当に嬉しかったんです。

だから、絶対にお礼を言わなくちゃいけないと思って、また、ここに来るか分からないあなたを、ホームのベンチで待っていたんです。

三日後の金曜日の夕方に電話をしました。

名前を聞いていなかったので、破った手帳のメモに書いてある電話番号に、少しドキドキしながらかけたんです。

あなたは「どなた様ですか?」と普通に電話に出たので、「先日、駅のホームでお世話になった者ですが」と説明し、「汚してしまったハンカチを、前の物とは違うと思いますが、お返ししたいので、お会いできませんか」と言いました。

そこでも、あなたは「いいですよ、安物の古いハンカチだし」と言い、会おうとしてくれません。

やっぱり、関わりたくないんだと思いました。

それでは私の気持ちが治まらず、「是非、お会いしてお礼を言いたいんです」と、自分でも驚くほど引かず、あなたに何度もお願いすると、やっとあなたは「分かりました、いつがよろしいんですか？」と言ってくれました。

「今日はダメですか」と答えたら、すぐ、「いいですよ、どこにしますか？」と聞かれ、私は、待ち合わせをあまりしたことがないので、どこがいいか分からず、「どこでも行きますから、場所と時間を言ってください」と、あなたに任せました。

「じゃあ、ＪＲ神田駅、北口の改札口辺りに、六時半でいいですか」と言われ、すぐ「ハイ、分かりました、どうもすみません」と答えたら、「でも、僕はあなたの顔をハッキリ覚えていないから、分かるかな～」と言うので、「私は分かりますから」と言って、電話を切りました。

吐いたことがない人には、絶対に分からないと思いますが、あの苦しさ、あのムカムカのつらさは大変なんです。その苦しい時に助けてもらい、本当に感謝していたんです。

待ち合わせ場所には、三十分も早く、六時に着きました。

自分から無理に頼んでおいて、遅れたくなかったし、神田駅で降りたことがなく、場所がよく分からないので早めに行ったんです。

あなたは、六時半の二～三分前に走ってきて、キョロキョロ周りを見ていました。

私は、あなたがすぐ分かったので、あなたの前に行き「今日は突然すみませんでした、先日はありがとうございました」と頭を下げると、あなたは「遅くなり、すみません、仕事の段取りが悪くて」と謝りましたが、まだ時間前ですよ、と思っていました。

仕事が忙しそうに見えましたが、そんな時に、私との約束に走って来てくれたんですね。

あなたは、私が無理やり頼んだので、改札口でハンカチを受け取り、それですぐ、別れようとしていたんですね。

そうでしょう？

ちょうど、電車が到着したようで、たくさんの人達が改札口から出てきたので、少し離れて話をするようにしました。

私が、「森川敬子と言います」と自己紹介したら、あなたも、「三島です」と名乗ってくれましたよね。

改札口辺りは、帰宅する人や待ち合わせの人達で、徐々に混んできました。

あんまり人が多くなってきたからだと思いますが、駅前の喫茶店を指差して、「そこの喫茶店に入りましょうか」と言ってくれたので、「はい」と返事をし、二人で喫茶店に入りました。

私は、男性と二人だけで喫茶店に入るのが初めてでした。

向かい合って座り、あなたは、「何にしますか？　僕はコーヒーにします」と私を見て聞いてきたので、変にドキドキしながら、「私もコーヒーにします」と答えました。

コーヒーを飲みながら、私は、あの日のことを話しました。

「今年の三月に、短大を卒業する予定で、就職先が決まったんです」

「あの日の前日に、その会社が内定者を集めて、人事部の人が懇親会を開いてくれたんです」

「それで帰ればよかったんですが、そのあとに、内定者の人達だけで、また、居酒屋に行ってしまって、結局帰りは終電でした」

あなたは、黙ってコーヒーを飲みながら聞いてくれました。

私は、「二十歳になったばかりで、お酒を飲むのが二回目で、飲みすぎてしまい、その翌日が、あの日だったんです」と説明したら、「慣れないお酒を飲みすぎて、二日酔いだったのかもしれませんね」とあなたは、優しく言いました。

「あの日も、同じ内定者とまた会うことになっていましたが、気分が悪くなって、吐いてしまったので行けない、と連絡したんです」

「それでまた、来るかどうか分からなかったんですが、あなたを待っていたんです」と話しました。

「そうだったんですか、それは大変でしたね」と言って、「でも、本当にハンカチは、よかったんですよ」と続けました。

「関わりたくなくて、すぐ行ったんですよね」と言ったら、「いや、いや、あの日は会議があって、会議の前に、書類に目を通しておきたいので、少し急いでいたんです」と言ってくれました。

「たまたま、そこにいただけですよ」と……。

でも、もし私だったらと考えると、たまたまそこに私がいても、あなたみたいにできるでしょうか、たぶん無理だと思います。

あなたは、本心優しい人なんでしょうね。

初めのうちは、少し緊張して話をしていましたが、あなたは気さくな感じで、徐々に、落ち着いてきました。

そして、「これ、あまりいい品ではありませんが」と言って、ハンカチが入った小袋を渡すと、袋からハンカチを出しながら、そこでもまたあなたは「本当によかったのに、安物の古いハンカチが、高級品に変わっちゃいましたね」と私の緊張をほぐし、気遣っているのが感じられました。

結局、その喫茶店に一時間以上いましたが、どんな話をしたか、全部は覚えていません。

勤務先が、あなたは神田で、私は有楽町だったので、「意外と近いですね、またどこかで会うかもしれませんよ」と、言ったのは覚えています。

その時、「また、お会いしたいです」と私が言ったことも覚えています。

言ってから、自分でも驚きました。

そんなことを言える勇気は、まったく今までの私にはなく、考えられませんでした。

どうしてしまったのでしょう。

あなたは、社会人三年目のサラリーマンでした。

スーツは紺で、ボタンダウンの白いＹシャツに、黄色ベースのネクタイがよく似合っていました。

「来週、焼き鳥屋さんにでも行きますか？　鳥は大丈夫ですか？」と私の言葉に返してくれ、また、気を使わせましたね。

「大丈夫です。焼き鳥大好きです」と返事をしたら、「でも、今度は、アルコール控えめでいきましょう」と笑いながら言いました。

「はい、すみません」と言った私に、「冗談ですよ」と、もう一度笑いながら言うあなたが、急に気になり始めました。

あなたに引き込まれていく自分が、どうしようもなく、早く焼き鳥屋さんに行きたくなっていました。

それは、きっとあなたに早く会いたいということだと思います。

あなたは、どう思っていたんでしょうか……。

待ちに待った焼き鳥屋さんに行く日、私は、いつもより少しオシャレをし、口紅も大人っぽい色にしました。

実は、口紅を、二本しか持っていなくて、それも普通のリップに近いものだったので、焼き鳥屋さんに行くのが決まった翌日、背伸びをして、大人っぽく見てほしくて、買いに行ったんです。

新橋駅で、待ち合わせをしましたが、あなたが、「ちょっと、今日は感じが、違いますね、少し大人っぽく見えます」と言ったので、私は、新しい口紅を買ってよかった、成功だ、と思いました。

焼き鳥を注文し、まずビールで乾杯し、途中で焼酎の水割りに変え、二人で二十本以上食べましたよね。

お腹いっぱいになりました。

そして、またもや私は調子に乗り、あなたが止めたのに、グイグイ飲みすぎて、酔っ払ってしまいました。

あなたは、困った顔をして、「大丈夫ですか」と心配してくれましたが、私は「大丈夫、大丈夫、全然平気です」と、もうすでに酔っ払いでしたね。

あなたは、私以上に飲んだのに酔わないんですね。強いんですね。

「そろそろ、お店を出ましょうか」と、酔った私を心配してくれ、外に出て少し歩くと、公園みたいな広場があり、そこで酔いを醒ますことにしました。

夜の風が気持ちよく、酔いが徐々に醒めてきた時、私は、自分の失敗に気づきました。

また、飲みすぎて酔っ払ったのだと。

ベンチに座っている時、あなたは黙って、横にいるだけで、何も話をしませんでしたね。

私は、完全に嫌われてしまったと思い、落ち込みました。

あなたのことが、好きになってきていたのに……。

三十分くらいすると、周りに酔っ払っている人が増えてきました。

その人達を見て、私もあんな感じだったんだ、とまた落ち込みました。

「そろそろ、駅まで送っていきます」とあなたが言った時、呆れていたんでしょうね。

駅の改札口を入る前に、あなたが「また、連絡します」と言ってくれた言葉が、落ち込んでいた私を、少し元気にしてくれました。

でも、もうあなたから、電話は、ないだろうと諦めていました。

駅のトイレに入り、私は少し泣いたんですよ。

二週間後くらいに、あなたから電話があった時、私は本当に嬉しくて、

「ちょっと変わった焼き鳥屋さんを見つけたので、一緒に行きませんか」と言う電話口のあなたの声が、急に胸にしみて、泣いていたんです。

「どうかしましたか、大丈夫ですか」と言うあなたに、「大丈夫です」とだけ答えていました。

私は、泣き虫なんです。

それにしても私は、いつもあなたに〝大丈夫ですか〟ばかり言わせていますね。

「明後日、大丈夫ですか、用事がなければ新宿の焼き鳥屋さんに、行きませんか」

「はい、何も用事はありません」

「新宿駅の西口交番は分かりますか」

「分かります」

「それじゃあ、交番の辺りで、六時半ごろ会いましょう」

と、もう諦めていましたが、また、あなたに会えると思うと、嬉しくて嬉しくて仕方ありませんでした。

交番前は、待ち合わせしている人達でいっぱいです。

私は、早めに行ったつもりでしたが、もうあなたは来ていて、手を振りながら私のほうへ来てくれました。

その焼き鳥屋さんは、予約ができないお店で、外のベンチに四人くらい待っている人がいました。

私達もそのベンチに座った時、お店の中から七〜八人が出てきて、ラッキーなことに、すぐ中に入ることができました。

軟骨と皮が特に美味しい、とあなたが嬉しそうに言うので、「本当に焼き鳥が、好きなんですね」と言ったら、「大好きなんです。森川さんは、他の物のほうがよかったですか」と、気を使ってくれました。

「私も焼き鳥大好きです」と言いましたが、あなたとなら、なんでもよかったんです。

私達は、たまに会うようになり、いつも焼き鳥屋さんに行くようになりましたよね。

もちろん、お肉や、お魚や、中華料理にも行きましたが、基本は、なぜか焼き鳥屋さんが多かったと思います。

夏は海へ行ったり、冬はスキーに行ったりもしましたよね。

早いもので、あなたに助けてもらってから、もう二年が経ちました。

お互い、仕事もバリバリ頑張っていて、毎日が充実していたある日、いつものように焼き鳥屋さんに行った時、私の悪いクセが出たのか、また、酔っ払ってしまいました。

あなたは、「あまり飲みすぎないほうがいいよ、お酒が弱いんだから」と、いつも言ってくれていたのに。

こんなことばっかりしていたら、本当に、あなたに嫌われてしまうと、いつも反省しているんですが、なぜか、あなたといると安心してしまい、飲みすぎてしまうんです。

お店を出て少し歩くと、大きなビルの前に植木があって、その囲いの所に座りました。

「少し酔いを醒まそう」と言って、並んで座りました。

飲んだあと、よく酔い醒ましのために、あなたに付き合わせていましたよね。

十分くらい経って、「そろそろ帰ろう」と、あなたが言ったので、私も立ち上がりましたが、
今日も反省していました。

あれから二年、何回反省したことでしょう。

でも、今日の酔いには、理由がありました。

お店で飲んでいる時、少し酔っ払った勢いで、「私、三島さんのことが好きです」と、言ってしまった私に、

「僕も、森川さんのことが好きだよ。好きじゃなかったら、一緒に遊びに行ったり、一緒に飲みに行ったりしないよ」と言ってくれたのが嬉しくて、ピッチが早かったんだと思います。

それなのにこんなに酔っ払ってしまって、今日こそこれで嫌われてしまう、と思ったら、泣き虫の私は、急に悲しくなってきて、自然と涙がこぼれてしまいました。

必死で、声を出すのを我慢したのですが、大粒の涙が流れ、止まらなくなってきました。

その時、あなたは両手で私の肩を抱き、私の涙に、そっと口づけをしてくれましたよね。

私は、体が震えました。

驚いたのと、嬉しかったのと、複雑な気持ちだったんです。

すぐあなたは、「大丈夫」と、なんの意味か分かりませんでしたが、そう言ってくれたことが、また、私の涙を誘いました。

三十分以上経ち、あなたが、「もう遅いから帰ろう。一人で帰れるか？」と聞いてきましたが、その言葉遣いが、二年間の付き合いで、恋人同士のような言い方に変わっていることが、酔いが醒めてきていた私には、ハッキリ分かりました。

あなたに嫌われず、もっとあなたと仲良くなれると、喜んでいる自分も、ハッキリ分かりました。

これから、私達はどうなっていくんでしょうか。

あれから、二年ですが、あの時電車で吐いて、よかったのかもしれませんね。

それでいいんです。

# 赤いボア

そろそろ終業のチャイムが鳴ると思ったその時、「おい、竹山、今日も飲みに行くぞ」と言いながら、先輩の松崎が、竹山のデスクにやって来た。

もう、四日連続で飲みに行っているので、今日こそ早く家に帰ろうと思っていたが、また誘われてしまった。

「いえ、今日は早く帰ろうと思っています」と答えると、「何言ってんだよ。新婚は最初が肝心なんだよ、行くぞ」と言われ、チャイムが鳴った。

竹山は新婚で、新婚旅行から戻り、会社へ出社してから、毎日この先輩達に誘われ、連続四日午前様になっていた。

一日か二日は、お祝いだとか言われ、遅くなると覚悟していたが、毎日午前様はちょっとつらい。それも、今日行くとしたら、五日連続、月曜日から金曜日まで、ぶっ通しになる。

朝、家を出る時、「今日は、早く帰れると思うよ」と言ったし、「今日は、早く帰って来て」

と、新妻に言われていた。

先輩だし、断ることができず、結局今日も飲みに行くことになってしまった。

今日こそ、家に連絡をしておこうとしたら、「何やってんだよ、連絡しないでいいんだよ、一度したら、これからずっと連絡しないといけなくなるぞ。初めが肝心！」

「でも、今日は早く帰ると言ったので、連絡しないと悪いから」

「早く帰ると言っちゃダメなんだよ、早く帰れる？　とか、何時ごろ帰れる？　と聞かれたら、分からない、と言っとくんだよ」

「電話一本もできないの、と言われたら、お客さんと一緒だったり、先輩や後輩と飲んでる途中で、連絡してきます、と席を立てないだろう、と言うんだよ」

むちゃくちゃ言ってくる。

しかし、竹山も後輩に対し、ここまでひどくはないが、よく誘ったことがあった。これは、この会社の伝統か、いや違う、彼らだけのことだろう。

渋谷の居酒屋に先輩二人と行き、かなり飲まされてしまった。毎日よくこれだけ飲めるものだと呆れる。

肝臓が強いのか、二日酔いにはあまりならないが、体力的に、毎日午前様はつらい。

さすがに今日は、一軒で終わると思っていたが、松崎が、「もう一軒行くぞ」と言いだした。

竹山は、早く帰りたかったたし、家に連絡を入れたかった。

居酒屋を出てすぐタクシーに乗り、青山へ走り、ちょっと高級そうなクラブに入って一番奥の席に座る。

松崎は、お客の接待の時にたまに来るようで、美人ママが挨拶に来た。

「松崎さん、いらっしゃいませ、お久しぶりですね」と言いながら、松崎の横に座った。

「ママ、こいつ新婚だから、よろしくな」。ママは、名刺を竹山に渡し、「悪い先輩に捕まりましたね」と、竹山と松崎のほうを見ながら言った。

カラオケはなく、二時間に一度ピアニストが来て、生ピアノを約三十分くらい弾いてくれる。

ムード満点の高級クラブである。

少し離れた席に、女性三人が入ってきて座った。

男性ばかりが来るお店と思っていたら、さすが青山の高級クラブだ、女性客も来る。

その女性客も常連のようで、気軽に、ママと話をしていた。

松崎が、「おい、竹山、あの三人に声をかけてこい」

「エッ、ナンパするんですか」と聞くと、「違うよ、一緒に飲んだほうが楽しいだろう、だから、こっちの席で一緒に飲みましょう、と、言いに行け」

竹山は困ったが、少し酔って大胆になっていたので、松崎に言われるまま、声をかけに行った。

女性達もアルコールが入っていて、ホロ酔いの感じだった。

「あのー、すみません。あっちの席で我々と一緒に飲みませんか」と声をかけると、女性達は、意外とすぐ、「いいですよ」と言って、ママに、「あっちに移ります」と言いながら、彼らの席へ移動した。

三人とも、三十半ばくらいに見え、全員美人で、ラフな格好をしているが、高級ブランドを着こなしていた。話をしていると、なんと三人全員が医者だった。

みんな、さらにアルコールが入り、美人女医の一人が、「踊りましょう」と言いだし、先輩二人はすぐ立ち上がり、踊りだす。

竹山は踊れないので、席に座ったまま飲んでいたが、「私達も踊りましょう」と、一人残っていた女医が、竹山の手を引っぱりフロアーに出た。

「僕は踊れませんよ」と竹山は断ったが、「いいのよ、チークで踊ればいいんだから」

「私がリードしてあげる」と、さすが歳上の女性だと、竹山は少しドキドキしながら、チークを踊り始めた。

踊るというより、ただ音楽に合わせ、体をピタッとくっつけて、少し動くだけだったが、これがチークか、と思いながら、竹山はドキドキしながら、初めてのチークダンスを経験した。

この日のお客は、彼らと彼女達だけで、二十分以上チークダンスを全員が踊っていた。チークに合うスローバラードの曲が続き、それぞれのカップルが、自分達の世界に入り込み、ずっと抱き合い踊っていた。

竹山と踊っていた女医が、酔った勢いか、突然強く抱きついてきた。

そして、その女医は竹山にキスをしてきた。

竹山は強く拒否せず、むしろキスを受け入れると、そのまま二人は唇を合わせ、チークダンスを踊り続けた。

赤いボアのセーターを着ていたその女医は、曲が終わっても竹山を離そうとせず、ずっと抱きついていた。

「おい、竹山、もう曲が終わってるぞ」と松崎に言われるまで、竹山も気がつかないくらい、二人はチークを踊り続けていた。

席に戻り、ピアノの生演奏が始まると、みんな、口直しと言いながらビールで乾杯した。

もう十二時を過ぎていて、〝今日も午前様か〟と、竹山は少し反省していたが、酔いがその気持ちを完全に押さえ込んでいた。

「竹山、今日も午前様だ。これで一週間ぶっ通しでやり抜いたなあ、そろそろ、帰ろうか」と松崎が言って、やっとお開きになった。

タクシーに、どこで乗ったか覚えていないが、無事、家に帰ったようである。

翌日は会社が休みなので、朝、ゆっくり寝ていたら、「もう起きたら、九時過ぎてるよ」と竹山は起こされた。

起こされて、すぐ冷静に昨夜のことを考えた。

「ああ、昨日は連絡できずにゴメン」と謝ると、

「青山の高級クラブに、松崎さん達と行ったんでしょう」

「うん、三人で飲んだ」

「女医さん達と飲んだんじゃないの」

竹山は、〝なぜ知ってるんだ〟と思いながら、

「ああ、そうだ、たまたま同じテーブルになって一緒に飲んだと思う」と言ったら、

「あなたが誘ったんでしょう」

「エッ！　いやいや、松崎さんに言われて、誘ったんだよ」

「チークダンス、踊ったでしょう」

竹山は少し焦ってきた。なぜ、細かく知っているんだと……。

「いや〜、踊ったかなぁ、あまり覚えていないよ」

「赤いボアのセーターを着ていた女医さんと踊ったんでしょう」

「ハッキリ覚えてないよ」とは言ったが、かなり焦ってきた。

「赤いボアが、スーツにいっぱい付いてるよ」と、竹山のスーツを目の前に持ってきた。

赤いボアが、スーツ全体に付いている。

そして、「キスしたでしょう」と言われ、竹山は、何がなんだか分からなくなってきた。

なぜ、なぜ、こんな細かいことまで知っているんだ、どうなっているんだ、混乱して黙り込んでしまった。

ついに二日酔いになったのか、急に頭が、ガンガン痛みだした。

「あなたは、昨日酔っ払って帰ってきて、自分から自慢げに、ペラペラしゃべったんだから」

「私が聞いたら、なんでも話してくれたよ」

自分から話をしてしまったのか、そして誘導尋問にも答えてしまったのか。これは、マズイ！　と竹山は緊張していた。

スーツに付いている赤いボアを、ブラシで落としている姿が少し悲しそうに見えて、心が痛くなってきた。

「ゴメン！　毎日飲みすぎて、酔っていたんだと思う」

「ゴメン！」と何度か謝ったが、彼女は黙って、怒りもせず、スーツに付いている赤いボアを落としていた。

こんなにいっぱい、スーツに付いていたとは……。

竹山は、考えていた。

これは自分が悪い、新婚で、たとえ先輩に誘われたからとはいえ、連絡もせず、一週間午前様とは、どう考えても言い訳ができない。

夜に、連絡も来ない独りぼっちの部屋で、どんな気持ちで俺の帰りを待っていたんだろう。

そして、何かあれば、今回のように、なんでも話をしてしまう自分にも驚いていた。

誘導尋問にペラペラ答えたり、自分から自慢たらしく話をするとしたら、今後、もし、浮気をしたとしたら、すぐばれる。

浮気はできないなあ、全部話してしまいそうだ。

酒をやめるか、浮気をやめるか、どっちかだ。

竹山は、お酒は、接待や付き合いもあるから、やめられない、だったら、浮気をやめよう、そう心に決めていた。

竹山は妻に対し、心から、すまない、と思っていた。

それ以上、妻は何も言わない。

竹山も、このことを口に出すことはなかった。

二人は、これから仲良く、やっていくのだろうか。

誘導尋問をしなくても、いいようになったんだろうか。

街中を、歩いている時、赤いボアのセーターを着ている女性を見かけると、ドキッとする竹山だった。

それでいいんです。

# ダンヒル

失恋をし、胸が苦しく、一人でいたくないので、気分転換をしようと友人に連絡し、普段行かない銀座で待ち合わせをしました。

その日は日曜日で、歩行者天国になっている中央通りは混むので、待ち合わせ場所をソニービルにしました。

僕は早めに着き、ソニービルの前の道路と歩道との段差がある所に座り、友人を待っていました。

無理やり呼び出した友人が、待ち合わせ時間の少し前に来て、「オウ！　どうしたんだよ」と、下を向いていた僕に声をかけてきたので、僕も「オウ！　急に呼び出してすまん」と言うと、その友人も僕の横に座り込み、タバコに火をつけました。

僕はタバコを吸っていなかったんですが、「俺も吸う」と言って、ソニービルの一階にあるタバコ屋に買いに行きました。

いろんなタバコが並んでいましたが、どうせなら、失恋と初めてのタバコと思い、洋モクにすることにし、〝ダンヒル〟を買いました。

タバコの吸い方が分からず、吹かしていたら、「グッと吸い込むんだよ」と友人が言うので、思いきり吸い込んだら、むせてしまい、咳が出まくって苦しくなりました。

一生、タバコを吸うつもりはなかったんですが、こんなことでもなければ吸わなかったと思います。

しばらくして、「今日は急にどうしたんだよ。何かあったのか」と、心配そうに聞いてきた友人に、「実は失恋してしまった」と言うと、静かに、「そうか」とだけ言って、またタバコに火をつけました。

二人並んで十分くらい何も話をせず、ただ黙って座っているだけでした。

この沈黙で、少し僕の心も落ち着いてきましたが、僕を振った彼女は、今ごろどう思っていて、何をしてるんだろうと考えたら、また、息苦しくなりました。

仕方ありません。

その友人は、細かいことを聞かず、「よし、飲みに行こう」と言って立ち上がりました。

失恋の時の大酒は、よくドラマで観ていましたが、まさか本当に、また、自分がやるとは、と思いました。

新橋まで二人で歩き、立ち飲み屋に入り、しこたま飲みましたが、一人千二百円くらいで安くそこそこ酔っ払ってしまいました。

そして、友人が、

「失恋は、経験したほうがいいぞ、失恋をしたことがない奴はダメだ、人の心が分からない」

「失恋した奴は、人に優しくなれる」

「だからお前も、いい経験をしたと思え」と言ってくれるのを、僕は黙って聞いていました。

酔っていたからかもしれませんが、苦しかったはずの胸が、少し楽になりました。

でも、寂しい気持ちは変わりませんが……。

僕は、いい友人を持って、本当によかったと思いました。

酔いが醒めた時、自分がどうなるのかまでは分かりませんが、今日のダンヒルで、少しは変わっている、と言いきかせました。

それでいいんです。

# ジャンケン

君に初めて会ったのは、志賀高原のスキー場でしたね。

まだ初心者の君が、ゲレンデの上のほうから、「ワァ〜、ア〜、すみませ〜ん」と、大きな声で叫びながら、突っ込んできて、僕達がいる前で大転倒しました。

君は全身雪だらけになって、「すみません」と言いながら立ち上がりました。ケガはないようでしたが、スキーの板は両足外れていて、ゴーグルは雪の中、両手にはストックがありませんでした。

転んだ時に、全部バラバラに飛んでいったみたいですね。

君達は、三人でスキーに来ていて、初心者は、君だけだったんですね。

初心者向けのスキー教室に午前中だけ入って、ボーゲンがやっとできるだけなのに、リフトで上まで行くなんて……。

無謀ですよ！　下手をすると、大ケガしますよ。

僕達は、スキー好きの四人の仲間で、思いっきりスキーを楽しもうと来ていたんです。君が大転倒して、そこら辺に吹っ飛ばしたストックと、雪に埋れたゴーグルを、僕達が見つけて、君の所まで持っていったんですよ。

「ありがとうございます」と言った君は、雪だるまのようでした。

そこへ、君の友人二人が滑ってきて、「どうも、すみませんでした」と言いながら、君にスキー板を履かせて、君達は何事もなかったように、下へ滑っていきました。

スキー教室で午前中、といっても、九時から十一時までの二時間しか習ってないのに、よくやるよ、と僕達は思っていました。

君は、ボーゲンでゆっくり、大きく曲がりながら、何度も転んで降りていました。

君の友達二人は、かなりの上級者で、美しい滑りをしていました。

ファッションを見ただけで、ある程度は、初心者か上級者か分かるんです。

僕達も滑り降り、また、すぐリフト乗り場に並ぶと、十人くらいしか並んでいなかったので、すぐリフトに乗れました。

リフトに乗り、上っていく時間が、僕は好きでした。

リフトの下を滑っている人達を見ながら、タバコに火をつけ、ゲレンデに流れている音楽を聴くのが、またいいんです。

トニーザイラーの気分になれます。

僕は、そんな中で、加山雄三の〝ブライト・ホーン〟という歌を、上に着くまで何度も歌いながら、リフトが鉄塔を通る時のガタガタガタガタとするのが、なんともいえず気に入っていました。

これが嫌だ、と言う人が多いんですが……。

タバコは、普通のライターでは風でなかなか火がつかないので、オイルライターかマッチがいいんです。僕は、マッチをすり、火が燃え始めの、少しリンの味がする時に吸い込んで、火をつけるのが好きでした。体に悪そうで、ちょっと変わっているかもしれませんね。

リフトで上へ到着すると、すぐ滑りだしますが、僕達は、いつも一列になって滑っていました。

先頭になった奴が、ストックをポンと叩いて合図をすると、次から次へとスタートし、一列になって先頭に続き、だいたい同じシュプールを残して滑るので、周りで止まっている人達が目を向け、注目されている、と感じ、少し、優越感もあるんです。

昼食の時、また、君に会いました。二回目ですね。

スキー靴を重そうに引きずりながら、カレーライスと水をお盆にのせ、危なっかしくテーブルに運んでいました。

ストックやゴーグルを拾ってあげたのに、君は、僕達に気づいていないようでした。

僕達も、カレーライスと豚汁を食べていました。

ゲレンデは、今日もいい天気で、雪焼けでいい顔色の人達が大勢いましたが、君達は、あまり雪焼けをしていなかったので、まだ来たばかりかな、と思いました。

昼食も終わり、友人の一人が、「よし、気合を入れていこう。上から一気に下まで滑るぞ!」と言うと、「よっしゃ、何本か連続で滑ろう」「途中で止まるの禁止な!」とみんな気合を入れて、ゲレンデに向かいました。

リフトで上まで行ったら、ノンストップで一気に下まで滑り降りて、すぐリフトに並んで、また上へ行くんです。

連続で五～六本滑り、少し疲れてきたので、「少し休もうぜ」と僕が言ったら、「俺も休みたい」「何か飲みたい」と、みんな誰かが言いだすのを待っていたようでした。

天気がいいので、レストランの中には入らず、外で休むことにしました。スキー板を裏返し、テールの部分を雪で固定して、板の先端を雪にさしたストックのわっかにかけ、斜めに支え合わせます。そこに並んで、板の上に寝転ぶと、ちょうど、太陽を真正面に浴びるようになり、雪山の太陽も強いことを全身で感じていました。

僕が自動販売機で、コーラを四本買ってきて、みんなに配り、それを飲みながら昼寝ができるくらい、ポカポカしていたので、うとうとして、スキー板から落ちた奴もいました。

ホテルに戻り、ちょっと豪華な夕食を食べ、少し休んでから、また、ナイターで滑ることにしました。

リフト乗り場に並んでいる時、また君に会いましたね。

これで、今日三回目ですよ。

君は友達二人に挟まれて並んでいました。いい友達ですね。

スキーが上手な人は、自分でたくさん滑りたくて、初心者の人とは、一緒に行きたがらないものなんですよ。

だから、君達はスキー以上に、強い友情で結ばれているんでしょうね。

僕達は、相変わらず、次から次へと一気に滑り降りていました。

ゲレンデの途中で、何度か君を見かけましたが、苦労しているようでしたね。

それでも、今日一日での進歩はすごいものです。

君の根性と、やる気が強いからでしょう。

翌日も僕達は、朝食後、早めにゲレンデへ行きました。

すると、そこに君だけ一人で、ゲレンデに来ましたよね。

それを見てたら、君は準備運動をし、すぐリフトに並びました。

僕達は、君の五～六人後ろに乗りました。

一気に滑っていたので、もう三本目という時、君はまだ一本目で、ゲレンデの真ん中辺りを、ゆっくり、ゆっくり滑っていて、よく転んでいましたね。

それでもすぐ立ち上がり、一生懸命滑っていました。

君は、早く上手くなりたかったんですね。

君が転んでいた時、僕達四人が、君の周りに止まりました。

その時も、君は雪だるま状態になっていて、ストックが一本ありませんでした。

僕の友人が、それを拾ってきました。

「どうもすみません、ありがとうございます」と言いながら、ストックを受け取る時、手袋は雪だらけで、君の必死さが、よく分かりました。

僕が、「昨日も三回会いましたよね」と言うと、「エッ！　そうですか」と言って、僕達のことは、まったく覚えていませんでしたね。

「昨日も、ストックやゴーグルを拾って、渡したんですよ」と言うと、「そうだったんですか、どうもすみません、私、スキーが初めてで、下手くそだから」と、その言い方がなんとなくおかしくて、僕達は笑っていました。

君は、真面目な顔をして、「友達に悪いから、少しでも早く上手くなりたいんです」と言いました。

だから、一人で朝早く滑りに来ていたんだと思い、この子の力になりたい、と思ったのは僕だけではなく、四人全員が、そう思ったに違いありません。

僕の友人が、「俺達が教えてやろうか」と言うと、君は僕達を警戒したのか、ナンパと思ったのか、「いいえ、自分で頑張ります」と断りましたよね。

「そうですか、それじゃあ」と言って、僕達は一斉に滑り降りました。

ゲレンデの下から見ていると、君は何回も転んで、立ち上がり、また転んで、また立ち上がり、と頑張っていました。

でも、見ていると、転ぶ回数が、徐々に減ってきているようでした。

頑張れば、上達するものです。

スキーは一万回転んで上手くなる、といいますから……。

その日の夜、僕達はナイターを少しだけ滑り、隣のホテルのバーへ行きました。

そこで、なんと五回目がやって来ました。

君達は、三人おそろいの濃い緑色のセーターを着ていましたね。

ちなみに、僕達は全員バラバラです。

スキー仲間達は、よくこんな風に、帽子やセーターをおそろいにすることがあって、板やストックまでそろえる人達もいて、意外とかっこいいんです。

窓からゲレンデがよく見える、いいテーブルに座ることができ、隣のテーブルに君達がいたんです。

まだナイターをやっていて、幻想的な雰囲気の中で数人のスキーヤーが滑っていました。

僕達が、バーボンのソーダ割りを飲んでいたら、君達のテーブルから、話し声が聞こえてきました。

君が、今朝ゲレンデで、僕達に声をかけられたことを話していました。

「何回も会ってるみたいに言ってたよ」

「スキーは上手で、教えてくれると言われたけど断ったの」

「それ、ナンパじゃないの」

「教えてもらえばよかったのに」と言う友人もいました。

「早く迷惑かけないですむように、頑張るね」

「いいのよ、無理しなくて、のんびり、スキーを楽しめばいいんだから」

「ナンパ目的でスキーに来てる人もいるから、気をつけてね」

僕達は、自分達の話はせず、君達の話をずっと聞いていました。

君達は、本当に仲がいい友達同士だと分かりました。

突然、僕の友達が立ち上がり、君達のテーブルに向かって、「さっきの話は、僕達です」と勝手なことを言う君達に、少し頭にきて、言いました。

君達は、「エッ!」とビックリして、三人顔を見合わせていましたね。

そして、「ナンパじゃないです、一生懸命スキーをしていたから、本当に教えてあげたいと思ったんです」と少し強く言いました。

君は、困った顔をして、「どうもすみませんでした」と、立ち上がって頭を下げ、謝ると、君の友達も、「すみません」と、同じように立ち上がり、僕達に謝りました。

文句を言った友人が、「分かってもらえたら、もういいです」と言いながら、バーボンのソーダ割りを一気に飲み干しました。

すると君の友人が、「スキー教室に二時間入ったんですが、まだ難しいみたいで。彼女に教えてくれませんか」と頼んできました。

僕は、うまい君達が、友達なんだから、教えればいいじゃないか、と思いました。

君は、「いいよ、いいよ、自分で頑張るから」と拒否しましたが、もう一人の友人が、「それじゃあ明日、一緒に滑りながら、その時、教えてくれませんか」と言いました。

僕の友人が、「いいですよ、明日ゲレンデで会いましょう」と答えてしまい、明日の朝、八時半にリフト券売り場の前で待ち合わせることになりました。

僕達はホテルに戻り、「なんで、あんなこと言ったんだよ」「あの時、ゲレンデで少し教えるだけなら、よかったけど、一緒に滑って教えるのは、かったるいぜ」「思いきり滑れなくなるぞ」「邪魔くさいよ」とか言い合っていました。

「成り行き上、仕方ないじゃないか」とOKを言いだした奴が、みんなに頼み込んで、渋々、一緒に滑ることになりました。

僕達は、八時半の五分くらい前に行きましたが、もう、君達三人は待っていました。

問題は、誰が初心者を教えるか、でしたが、昨夜、四人で話し合い、OKを出した奴が教えるべきだ、との意見で、まとまると思いきや、そいつが、「ジャンケンで決めよう」と言いだしました。

みんな反対しましたが、結局、ジャンケンで決めることになってしまい、僕が負けて、初心者担当になりました。

全員順番にリフトに乗り、上に着いた所で、「最初は僕が教えます」と伝えると、僕達二人と五人はそこで別れ、五人は、一斉に滑りだします。

僕達二人は、斜面の途中まで、大回りのボーゲンでゆっくり行き、少し角度がゆるくて広くなっている所で、教えることにしました。

五人は、何度も僕達の横を滑っていき、僕はそれを、うらやましく見ていました。

すると、その姿を見て、「ごめんなさい、私のせいで滑れませんね」「みんなと一緒に、滑りたいですよね」と、すまなそうに、僕を見ながら言いました。

その言い方が、僕に迷惑をかけて、本当にすまないと思っていることが伝わりました。

少し、君が可哀想になりました。

僕は、「いいよ、いいよ、段々滑れるようになってきてるよ」と言いましたが、ガンガン滑りたい気持ちも、ほんの少しありました。

スキー教室で習っていると思いましたが、もう一度、僕は、ボーゲン、斜滑降、キックターン、横滑りを何度も教え、「これだけマスターすれば、だいたいの所は、ちゃんと下まで降りていけるから」と、途中から一生懸命教えていました。

君も、僕に教わっていることを、ちゃんとやろうと努力してるのが、ハッキリ分かりました。

君は、覚えがいいのか、運動神経もいいみたいで、努力している分だけ、グングン上達していきます。

教えながら下まで滑り、またリフトに乗ろうとしたら、「もう私一人で、教わったことを練習しますから、先生はみんなと一緒に、滑ってください」と、僕に気を使い、言ってくれましたよね。

いつの間にか、僕は先生と呼ばれていました。

その時、君が、ちょっと寂しそうな顔をしたので、君を放っておけなくなりました。
「いいから、もう一回リフトに乗るよ、先生と一緒に練習しよう」と言ったら、君は泣きそうな顔をして、「ありがとうございます」と頭を下げました。

僕は、急に君のことが気になり始め、絶対うまく滑れるようにしてやる、と自分に言っていました。

お昼になり、みんなと一緒に食事をしましたが、今日もカレーライスです。

山で食べるカレーライスは絶品で、外れが少ないんです。

七人で同じテーブルで食べているのに、五人は、今日滑ったコースのことや、次はどこを滑ろう、とか、どのリフトで上へ行こうか、と、あれこれ話をしていましたが、僕達二人は、特に会話もなく、五人の話を聞きながらカレーライスを食べていました。

急に君が、「私は一人で練習頑張ってるから、今度は、六人で滑りに行って」と言いましたよね。

みんな、「いいのかよ」「大丈夫なの」とか言って、君一人の練習を受け入れようとしていました。

君はまた、僕に気を使いましたね。

すぐ僕は、「ダメだよ、もう少し一緒に滑って教えるから」と君のほうを見て言いました。

君は僕のことを考えて、申し訳ないと思い、そんな提案をしたんですね。

僕には、見え見えですよ。

でも、そんなことを言わせた僕にも責任があります。

君は、優しい心の持ち主で、僕に気を使い、心苦しかったんですね。

僕も君に言いたいです。〝ごめんなさい〟と……。

この時僕は、すでに、ガンガン滑るより、君と一緒に滑りながら教えるほうを選んでいたんです。

「教えるのを順番に交代しようか」と言う奴がいましたが、僕は、「いや、最後まで俺が教えるよ」とキッパリ言い切っていました。

君は、僕のほうを見て、「本当にいいんですか、ごめんなさい」と言いました。

途中三時ごろ、休憩をしましたが、それ以外は、ずっと基礎を教えて、夕方には、そこそこのボーゲンで、下まで滑ることができるようになりました。

素晴らしい進歩です。

ラスト一本は、七人全員で下まで滑りました。

みんな君のペースに合わせ、何度か途中で止まりましたが、下まで滑ったら、「うまくなったよ」「すごい上達だよ」とみんながほめると、「先生がよかったんです」と僕のほうを見ながら、君は、満足そうな顔で言ってくれましたよね。

僕は今日一日、君と一緒に頑張ってよかったと思いました。

明日、帰ることになっていたので、僕は一人で最後の滑りに、ナイターに行きました。

すると、君も一人で滑りに来ていました。

他の連中は、ホテルのバーで一緒に飲もうということになり、もう滑らずに飲みに行っています。

僕が、「君はみんなと一緒に、飲みに行かなかったの？」と聞くと、「私は、先生に教えてもらったことを、復習しなくちゃ」と笑いながら言いました。

そして、「先生も、ずっと私と一緒で滑れなかったから、きっとナイターに来ると思って、私も来たんです」と……。

僕は嬉しくなり、「よし、一緒に滑ろう」と言って、すぐリフトに並びました。

結局、ナイター五～六本滑りました。

「昨日の状態だったら、一本で終わっていたよ、上達したなぁ」と僕が言うと、「本当に嬉しいです。ここまで楽しく滑れるようになったのは、先生のおかげです」と、またペコンと頭を下げました。今日一日で、僕達は、結構仲良くなってるみたいです。

君が、「今シーズンは、まだどこか違うスキー場にも行くんですか」と聞いてきたので、「まだまだ行くよ」と答えたら、「その中の一ヶ所くらい、私も行きたいな、行っちゃダメですか」と僕のほうを見ながら言いました。

僕も、君を見ながら、「じゃあ、先生と一緒に行くか」と言っていました。

君は嬉しそうに笑いましたが、昨日とは違い、雪だるまではなく、少し雪焼けしていて、いい顔を見せていました。

僕は、ジャンケンで負けてよかったと思いました。

僕達は今度、どこのスキー場に行くんでしょうか。

これから僕達は、どんなシュプールを描いていくんでしょうか。

僕は、直滑降で、君と一緒に行きたいと思いました。

その時は、もっと上手になっている君と、楽しく笑いながら滑っていると思いますよ。

それでいいんです。

# あとがき

私は三十年以上のサラリーマン生活を卒業し、今は、詩聖、北原白秋の故郷、水郷柳川に住んでいます。

高校一年生の時、付録に付いていた日記帳を書き始め、大学、社会人と、何かあれば書き続けたノートが十冊以上にもなりました。

いつの間にか書かなくなりましたが、高校時代から、ずっといろいろな場面、場面でメモを取ったり、落書き程度にちょっとした文章も書いていました。

周りの友人達には、「いつか本を出すぞ」と言っていましたが、みんなから、「いつ出すんだ」「まだかよ」とか言われ、ほとんどの人達は、口ばっかりで、本なんか出せないだろう、と思っていたに違いありません。

でも、私の心の中では、「いつか必ず出したい」という気持ちは、一度も消えたことはありません。私の夢でした。

文芸社様とのご縁ができたのは、出版相談会の新聞広告を見て、電話したことから始まり、対応していただいた方が、私の気持ちを一歩前へ進め、また、相談会のご担当の方が、同じ九州出身で、また大学も同窓という、強い縁を感じ、二歩も三歩も気持ちが前へ進んでいきました。

ずっと落書きしていた物を、自分が学生時代から社会人となり、それらの時代において、感じていたこと、思っていたこと、経験、体験、想像していたこととしてまとめ、自分の青春の一ページとし、記念に残し、それを本の形にしてみたい、と思いました。

不安もありましたが、ご担当の後押しもあり、出版までこぎ着けることができました。

書くことによって、自分自身の気持ちの整理や、自分がどうあるべきか、何をなすべきかを考えさせられることもありました。

ちょっとしたエピソードから展開させ、まさに想像、空想、妄想の世界が広がっています。

しかしながら、その中には、確かに自分が体験したことが凝縮され、描かれていると思っています。

それでいいんです。

たいした物ではありませんが、最後まで読んでいただき、ありがとうございました。

末筆ながら、私の夢の実現に力添えしていただいた皆様に、心から感謝申し上げます。

船瀬　憲二

## 著者プロフィール

**船瀬 憲二**（ふなせ けんじ）

1951年3月16日生まれ。

福岡県出身・在住。

1973年3月、日本大学経済学部卒業。

1973年4月、住商リース株式会社（現、三井住友ファイナンス&リース株式会社）入社。

2012年3月退職。



**それでいいんです**

2019年11月16日　初版第1刷発行

著　者　船瀬 憲二
発行者　瓜谷 綱延
発行所　株式会社文芸社
〒160-0022　東京都新宿区新宿1-10-1
電話　03-5369-3060（代表）
03-5369-2299（販売）

印刷所　株式会社フクイン





ISBN978-4-286-21076-6